DU MÊME AUTEUR

MOPAYA, RÉCIT D'UNE TRAVERSÉE DU CONGO À LA SUISSE, avec Gabriel Nganga Nseka, L'Harmattan, 2010.

L'EMBRASURE

Douna Loup

L'EMBRASURE

ROMAN

MERCVRE DE FRANCE

Pour l'homme du désert
Pour Jean Léonard

1

La forêt est grande, profonde, vibrante, vivante et vivifiante. Elle est quelque chose comme une femme qui voudrait l'homme sans lui dire. Quelque chose qui dit oui sous la robe mais qui s'est perdu dans la bouche, qui devient tendre dans l'humus et vous jette des ronces au visage. La forêt est comme ça, ici. Le sauvage sait y faire. L'attirance qu'elle éprouve à se faire explorer, elle la garde au-dedans, de la sève en puissance qui coule sous la terre, qui monte comme une odeur et vous emballe sur-le-champ. Même le ciel, au-dessus, ne reste pas indifférent. Qu'elle soit froissée après la pluie, comme les femmes qui préfèrent se doucher avant, qu'elle soit bouillante de soleil, comme celles qui brûlent après la porte d'entrée, la forêt, ici, elle ne laisse personne sortir indemne. Elle retient un peu de notre substance dans sa rivière profonde. Elle se charge d'enseigner l'ardeur.

J'aime chasser par ici. Ça sent meilleur que tout. J'aime traquer dans les feuilles, suivre la route du bois et débusquer la bête. C'est mieux qu'au bar. Mieux qu'un flirt.

Mieux que la sueur sur les femmes. Je dépense mon énergie positive. Je ramène sur moi du sang et des kilos de liberté fraîchement morte. Mieux que ce qu'on peut imaginer. Quand je tire, ce chevreuil ne sent pas venir sa fin. Rien à voir avec ces bêtes qui attendent et puis meurent à l'abattoir. Rien à voir avec ces idiotes, au bar, qui ne pensent qu'à croire au prince charmant, quand tout le monde sait qu'elles n'ont rien à offrir. Que l'attente des bêtes, des bêtes stockées dans les élevages, nourries pour mourir en même temps, des bêtes qui n'ont même plus de sang dans les veines tellement elles sont produites pour finir sur une chaîne par l'électricité, des bêtes qui poussent comme des endives sur la fausse paille de l'éleveur. Je n'ai rien contre, il faut bien manger des escalopes dans les familles où l'homme ne part plus chasser. Simplement je ne compare pas. Il y a bête et bête. Il y a le sang traqué, coincé sous la peau fine, le poids sur la brindille qui fait un bruit de finesse et il y a le sirop de vitamines par intraveineuse, avec les farines fourrées dans la gueule. Le chevreuil que je tire, il a vécu l'élan et la faim sous le ciel, pas comme ces bêtes de fermes qui attendent juste leur fin.

C'est pour ça que je chasse le samedi en forêt. C'est pour ça que le soir je me sens bien. Et quand on conduit pour rentrer, quand on laisse choir nos corps d'hommes sur les sièges de la voiture qui sent la bête, on rigole et on chante ce qu'on veut.

Après les gars veulent que je vienne. Le verre du samedi c'est une habitude de loisir, une distraction tenace au corps.

Je fais souvent office d'être là, sans me sentir toujours des leurs.

Ce n'est pas que je n'aime pas m'amuser, il y a toujours quelque chose à faire, à dire, à boire ou à tirer. C'est juste qu'il me vient parfois comme une fatigue avant même de sortir de chez moi. J'aimerais entendre autre chose que leurs voix, je me souviens de la forêt et je tarde à me laver de son odeur. Il faut respecter le temps que ça me prend.

Parfois je garde la veste et je m'assois dans la cuisine. J'ai les mains couvertes de marques et je respire entre mes deux paumes. Il y a le souvenir du fusil et de la terre que j'ai agrippée, il y a le sang séché et la menthe sauvage écrasée. Je bois du thé froid. Deux verres entiers. Quand je rejoins la salle de bains, je mets mes habits en tas, c'est là que je quitte vraiment la forêt et que l'eau m'enlève son parfum. J'accepte l'eau de la douche sur mon corps, je me frotte fort avec du savon. Ce soir, je leur ai dit que je ne viendrais pas, mais je les entends arriver. Ils ne peuvent pas s'empêcher de venir, d'insister pour me tirer de là. J'entends leurs gros poings sur la porte, je ne veux pas qu'ils dérangent les voisins, alors bien sûr je les fais entrer. Ils sont là, les trois, les piliers, ils veulent voir ce que je peux leur servir pour qu'ils patientent. Juste le temps que je me fringue correct. J'insiste sur le fait de ne pas venir ce soir, que la fatigue est sur moi comme une louve et rien à faire pour s'en défaire. Mon canapé n'est pas si grand, mais ils s'y serrent pour une prune du grand-père. J'essaye de rester avec mon air pas participant, mes joues creuses et mes yeux en bas. Alors les gars ils comprennent qu'ils ne peuvent pas me forcer et ils s'en vont après avoir fait le tour du salon. Je les entends redescendre dans l'escalier, parler avec leur force du samedi soir, avec leur envie de lumières, de bars, de dépenses et de filles à ramener. Je ne suis pas malheureux d'être seul. La chasse n'a rien donné, on a marché six heures pour pas un frisson, mais la forêt m'a payé tout son possible de froid et d'odeurs de sous-bois. Mon corps est bien défait, tout chauffé d'efforts continus. Demain, j'irai au stand de tir et je m'entraînerai comme il faut.

2

Le stand de tir est vide à neuf heures. La jeune femme a des marques bleutées sous les yeux, un abus de mauvais sommeil. Sa robe est comme d'habitude, trop courte et rose. Je n'aime pas, je trouve ça gênant. Elle n'est pas faite pour ce genre-là. Mais je ne suis pas venu pour elle ; alors je lui accorde du sourire avant d'aller user mes balles.

Les draps des cibles sont déchirés, au fond le mur est lézardé, je m'accoude et je caresse la crosse. Je savoure le silence alentour, j'imagine les feuilles qui bougent, le lièvre qui louvoie ou la perdrix qui se lève et j'appuie d'un seul coup. C'est assez bon de sentir que la cible est touchée. La balle va plus vite qu'une pensée. Le temps du doigt qui appuie sur la détente c'est le temps lent, celui d'après existe au son de l'impact. Je tremble un peu. Il me faut un deuxième café. Heureusement, la jeune femme le sait, elle me voit souvent et l'habitude lui dicte que je la paierai quelques francs pour un café de son thermos. Je le bois vite et sans sucre ; elle me redonne des balles, en laissant glisser la bretelle de sa robe le long de son épaule pâle. Elle la remonte quand je m'éloigne. Je n'ai pas envie de voir plus de sa peau, elle en laisse déjà apparaître de trop, mon but c'est la cible là-bas, les coudes sur le bois et l'œil tendu. Ça me défoule un peu le sang, de m'entraîner comme ça, le matin. Surtout le fait qu'il n'y ait que moi. Je n'entends que le bruit de mes balles, pas de bruit de fond qui brouillerait la piste, le son pur de l'impact, de mon impact. Dans la forêt bien sûr c'est mieux, il y a la chute de l'animal et le son qui s'étouffe dans l'air. Mais il faut s'entraîner. Dans la forêt, une balle perdue le reste, il n'y a jamais de double chance.

Quand j'ai usé mon deuxième stock, je sors, le soleil est petit dans le ciel gris. Je trace sur le trottoir en direction de la boulangerie, comme ça j'aurai du pain chez moi.

En passant devant la rue du parc, j'ai envie d'aller longer le fleuve. Je descends jusqu'à lui. Il est un peu brun aujourd'hui le fleuve, tout chargé de boue que les torrents de pluie ont soulevée dans la nuit, mais il coule fort et ça me donne de l'entrain. Je ne pense plus à la faim de l'estomac, je pense aux muscles, au sang qui bouge et à l'oxygène qui le parcourt. Je pense au poisson qui file dans l'eau, qui laisse faire le courant et qui suit malgré lui sa route. Dans le sens caressant ou à rebrousse courant, leurs muscles lisses sous les écailles doivent fournir un maximum d'élan pour se faufiler là-dedans. J'ai essayé de pêcher trois fois avec Marc, qui m'en parle toujours comme la plus belle chose ici-bas, mais je ne suis pas patient comme lui pour attendre que ça morde et ça m'ennuie d'être immobile. Les poissons, ça se cachotte tout le temps, leur vie et leur mort ne m'intéressent pas tant. Ça ne vaut pas la chasse. Ce moment dans l'effort des sens, dans la traque douce, constante. La bête de chasse c'est plus furibond, la forêt il faut la marcher, la connaître, la parcourir. Il faut s'y perdre, dans les pans de vallées toutes abandonnées, jusqu'à devenir une partie d'elle-même. Marc me dit que la pêche c'est pareil. Tu deviens l'eau près des rochers, les plis du courant qui s'emmêlent, tu cherches le poisson dans sa vie, dans sa logique, ses lieux, ses haltes. Tu deviens l'eau qui arrive autour.

Mais je ne suis pas fait comme une eau, je me ressens plus dans les broussailles, dans le sang des bêtes et dans leur course. Je me sens mieux comme une branche qui ploie ou une pierre posée, immobile. Je peux me fondre dans tout cela. L'eau j'aime seulement la voir couler. Comme maintenant, ce courant qui dévale, je me sens léger. J'achète du pain au coin de la rue, je remonte mes trois étages, je suis seul, ce dimanche, je crois que je ne verrai personne.

3

L'usine fait son turbin, je reste à ma place, en ligne pour satisfaire le rythme de fond, un bras qui prend, des yeux qui cherchent, une main qui coche, une qui tamponne et le colis qui s'achemine, tranquille, pour continuer la suite du programme. Heureusement que les fenêtres existent dans les étages de cette usine, sans ça je n'aurais sûrement pas pris un tel boulot où les heures s'empilent. La paye reste correcte sur le compte à la fin du mois, alors pour l'instant je me tiens coi, même si j'aimerais trouver une place qui me laisse en plein air toute l'année. Sans certificat de jardinier, ça se trouve au bol une telle aubaine. Je n'en parle pas de cette idée-là, il ne faut pas divulguer les rêves qui brillent librement dans la tête. Si on en parle, leur éclat tombe comme un vieux drap ou comme une femme qui se déshabille dans l'empressement, trop vite, je n'aime pas ça, il faut que l'homme puisse soulever la robe, dégager la peau par endroits et ouvrir et sentir et tordre. La nudité grande ouverte saccage toute l'imagination. Mes rêves je les garde pour moi et je leur interdis l'évasion. Quand les gars me demandent ce que je vais faire, quand je parle d'un avenir où je n'irai plus le matin pointer mon corps dans cette usine, je reste dans le vague et je leur offre à tous une tournée, en trinquant à nos grands projets futurs qui ne savent pas comment voir le jour. Marc veut ouvrir son petit commerce, mais ses parents lui mettent la peur au ventre. Les trois autres, ils restent comme moi, figés et pas un mot sur leurs fantasmes. Puis Nello nous parle d'une belle femme et Yannick du film de la nuit, c'est comme ça que se finit le samedi.

Aujourd'hui c'est lundi, midi sonne, je sors avec mon sac pour aller au parc juste en bas. Je défoule mes jambes qui n'en peuvent plus et je sens mes bras qui se délassent de bouger dans l'air froid d'automne. J'aime aller avec de l'entrain jusqu'au banc où je vois le lac et où je déplie le journal. D'abord je lis les titres. Ce n'est pas que j'aime particulièrement les histoires populaires du monde et les affaires d'icebergs qui fondent par en dessous, mais ça me donne de l'air. Après les quatre heures pleines de chiffres et de bruits de machines, il faut bien ça. Les titres m'invitent, je lis seulement quelques lignes au hasard, je tourne les pages, je me nourris de femmes visuelles et bien formées. Dans les pages sports, j'ai de l'espace pour rêver, je retrouve les visages des stars que les gens admirent dans le tramway ; toute cette foule du matin qui lit en chœur le journal gratuit, je deviens un des leurs à midi. Je parcours les nouvelles qui les ont fait aller bosser dans toutes sortes d'humeurs et rire pour une blague ou se choquer pour un petit encadré. Ensuite, j'ouvre mon sac de pique-nique et je récompense mon corps en bon goût et en calories. Lise arrive, elle s'assoit tout près. À la sortie de l'usine, elle est passée s'acheter un sandwich à la boulangerie et elle s'y attaque. Elle parle de l'octobre magnifique et de la vue qui n'est pas mal non plus, je lui réponds que moi aussi j'aime ce qui est beau. Elle me demande si le travail me fatigue, comme elle qui rentre tout épuisée le soir ; je lui réponds que l'habitude forge le corps à ne plus se fatiguer et aide la tête à se préserver. Elle sourit, elle mange, je pose le journal, nous regardons le lac se perdre en bleus et en lointains reflets. Nous écoutons une pie voler et, comme la route n'est pas tout près, je peux presque l'entendre respirer, Lise, quand elle ramène ses cheveux dans son dos et qu'elle boit au goulot de sa bouteille d'eau minérale. Je peux même décrypter son odeur, un mélange de parfum, de sueur, de chewing-gum menthe et les cheveux shampoing abricot. Elle ne me plaît pas entièrement mais j'aime la regarder travailler, Lise, elle est une rangée plus loin, je la vois assise et penchée. Je comprends que son dos soit malmené de courbures à la fin de la journée. Ça ne fait que trois semaines qu'elle est là, je crois que de toute façon c'est seulement pour un temps, pour remplir son compte d'étudiante. Je pense qu'elle est contente de trouver un jeune comme moi, parmi toutes ces femmes d'expérience qui finissent leur café au restaurant de la boîte, en parlant de leur ménage ou des résultats de leurs plus grands. Moi, ça renouvelle aussi mes pauses d'avoir Lise avec qui parler. Elle est étudiante en lettres et je trouve que ça lui va plutôt bien au teint. Elle veut m'emmener à la bibliothèque pour que j'essaye de prendre un livre, peut-être même d'y trouver de l'intérêt, c'est ce qu'elle espère car elle pense que les livres aident à vivre et à mieux penser. Je ne suis jamais allé à la bibliothèque et jamais personne n'a proposé de m'y accompagner, je pense que j'irai avec Lise et j'espère qu'elle sera bien habillée.

4

Grand-père Lou vient de sortir de sa nuit.

Ça se voit à ses cheveux qui font de la pagaille sur sa tête. Ses sourcils sont tout retroussés et ses yeux bricolent pour y voir. Il fait pourtant clair. La lumière est entrée avant moi, par toutes les fenêtres qu'il a ouvertes pour sentir l'automne sur son corps. Je le connais Lou, il aime ça, l'automne. Mais depuis qu'il n'a pas de femme chez lui il dort trop. Il ne sait plus précéder l'aurore, c'est l'habitude qui a foutu le camp et il n'est plus capable de rien. Comme si, sans sa femme à côté, il ne savait plus comment pisser, comment se lever, comment manger. J'espérais que l'automne le reprenne, mais il ne veut plus m'accompagner. « Tu comprends, c'est fini pour moi. »

Grand-père Lou, c'est lui qui m'a appris la forêt et la persévérance, c'est de sa parole que je les tiens sous ma peau. Il m'offre du café, je ne refuse pas, même s'il est tiède et qu'il me faut manger son mauvais pain d'hier avec. Il ne lui reste plus qu'un pot de confiture d'abricots faite par grand-mère Odette l'année passée. Je lui demande s'il sait faire la confiture, il répond que jamais il n'aurait osé, parce que Odette dans la cuisine, c'était une cérémonie du sacré. Elle est morte il y a sept mois, d'une pneumonie qui n'a pas voulu se simplifier, à l'hôpital universitaire, dans une chambre à deux lits. Ça a vite tourné et je n'ai pas pu consoler Lou. Il est encore mal remis. J'ai aussi pleuré à la messe, au moment où l'encens se lève. Je n'ai pas écouté le père parler mais, en regardant la fumée dans l'air blanc de la chapelle et le cercueil que j'ai soudain cru voir bouger, j'ai senti les larmes dévaler. Le lendemain, j'ai tué un chevreuil et j'ai encore chialé en le portant sur mon dos. Puis en enlevant sa peau, en le découpant à la cave, en me lavant de son odeur. J'ai donné une grosse part à Lou. Il ne l'a pas encore cuisinée. Elle reste dans son congélateur. Il ne se fait plus que des salades, des sandwichs ou du riz. Je trouve qu'il n'a pas une grande mine, le soleil lui manque de partout. Mais il rit avec moi, ce matin, et je me rassure de voir que c'est propre chez lui et qu'il y a des choses dans le frigo.

Après, il me sort le sac. Celui de la forêt des grands jours. Il est encore lourd mais je ne peux rien dire, pas refuser, pas remercier, seulement le poser sur mes genoux et sentir le poids s'enfoncer dans mes cuisses.

Lou s'assoit, il me dit de partir. Il ne veut plus voir tout ça, la vieillesse lui pendouille sous le nez, c'est moi qui assure la jeunesse, maintenant.

Je file. J'ai vingt kilos de plus sur le dos. Lou, je me dis qu'il va se recoucher et les fenêtres vont rester grandes ouvertes à se faire déflorer par le froid. Il veut peut-être encore y croire au réveil de l'ardeur. L'automne c'est sa seule vraie maîtresse. Les autres ce sont des allumées.

Odette lui manque beaucoup trop. Je n'aimerais pas qu'une femme me tienne. Je n'aimerais pas qu'une femme me manque. S'il y en a une qui commence à pomper dans mon énergie pour en faire sortir la dépendance, c'est sûr, je fiche le camp. Aucune envie des petits mots doux et des rêves à deux au matin. Ce sont des affaires de malheureux qui ne savent pas quoi faire de leur vie, ils trouvent bon d'être enfouis dans le manque, à se baiser pour donner du tournant brusque aux heures qui passent, mais ils oublient que l'homme ce n'est pas qu'une bête et qu'il a mieux à faire. Le sexe est une chose, j'aime baiser les femmes, mais le grand-père Lou qui ne chasse plus et qui peine sous le lever du jour, je ne veux pas de sa mélancolie.

5

Je regarde le sac et je tourne en rond. Je n'ai pas envie de l'ouvrir et pas envie de m'éloigner de lui. Je n'ai pas envie de le vider là et pas envie de le laisser seul. Je sors la prune de grand-père Lou, je m'en sers une pour trinquer à la sienne.

Il fait déjà nuit, je regarde la lumière de la ville qui monte, en même temps que la pénombre augmente. Les réverbères, les magasins, les fenêtres des immeubles, les phares des voitures, ça grouille de lumières qui s'allument. Je mets la télévision juste pour entendre des gens parler. Entendre des mots qui se succèdent, sans regarder les images, je continue de fixer la fenêtre, les lumières parcourent la pénombre, elles révèlent des couleurs de trottoirs et des silhouettes au loin, pressées par l'heure qui avance ; elles révèlent aussi des bouts de déchets qui traînent, des poubelles, des canettes, des voitures qui s'arrêtent au feu en bas, et des fenêtres ouvertes, des intérieurs d'appartements chauds et des couleurs tendres, des voiles aux fenêtres, qui bougent doucement et des miroirs. En même temps, j'écoute les voix de la télé et ça me fait du bien de m'emmêler avec toutes ces images floues à la fenêtre et ces mots qui se coursent dans ma tête. Je ne me laisse pas le loisir de penser, j'évite de regarder, à côté, le sac qui est posé sur le plancher.

Il est là et je sais bien que je vais avoir envie de le prendre demain pour la forêt, mais pour ça il faudrait que je le vide, que je trie, que je prenne le temps. Je crois que je ne suis pas encore prêt à en faire usage, je me décide une bonne fois, pour aujourd'hui, à le mettre en sourdine dans le placard, je le ressortirai quand je serai prêt. C'est mieux comme ça.

Il me semble que j'hérite de la dépouille d'un mort qui n'est pas encore tout à fait mort. Je ferme le placard, je vais me coucher.

Lou, je ne sais pas de quoi il rêve, moi je me prépare au grand air jusque dans le profond de mon corps. Je sais que je me lèverai tout à l'heure, à la rencontre de la mort libre. À trois heures je n'aurai rien dans le ventre, je mettrai mes habits de camouflage, mes bottes, mon chapeau, mon sac sur le dos, celui qui est déjà prêt au pied de la porte. Les gars passeront à trois heures trente et il ne faudra pas traîner. Je pars dans le sommeil, je rêve, je me tourne, j'emmêle les draps, je sue, je vois les arbres qui font masse et la terre qui se noue, il y a des chemins de mousses invisibles et des chamois qui dévalent d'un seul coup. Il ne faut pas oublier les tempes, la tension artérielle à prendre en considération et la pause thé chaud régulière. L'oreiller tombe, je glisse dans les pierres, je me rattrape aux cornes de l'animal et il s'abaisse sous mes deux mains. Elles sont comme du bois de chêne ses cornes, fortes et rugueuses comme du bois de chêne. Je divague, je sillonne, je tire vers la cible et la seconde file dans mes doigts froids et raides. Je sommeille, je rêve, je me retourne dans mon lit, je porte un sac à dos aussi lourd que du plomb, quand je me retourne pour voir pourquoi ce sac pèse tant, je m'aperçois que je porte sur moi le grand-père Lou. Je me réveille en sursaut. Je vais me doucher pour me défaire le corps de cette impression nocturne. Il est trois heures. La pénombre est encore bien posée sur la ville, je bâille, je me sèche, je m'habille et Nello est là qui sonne à la porte.

6

La forêt est tendre, aujourd'hui. Elle ne veut pas m'endolorir la chair. Elle s'écarte comme des bras sous le poids de mon avancée. Je sens les sapins qui ploient dans l'air. Les lianes qui glissent entre mes doigts. Les feuilles forment un tapis doux sur la terre qui poisse. Beaucoup de pluies sont passées par là, de quoi défaire les odeurs de genièvres et d'origans en fleurs, de quoi mettre de la boue plein mes bottes et m'humidifier la trachée. J'ai envie d'être concentré aujourd'hui, d'avoir la tête dans mes mains qui écartent, ma tête dans mes deux pieds qui marchent, ma tête dans mes narines qui s'ouvrent, ma tête dans mon cœur qui suit le sang. J'ai le ventre chaud grâce au thé que je bois à chaque pause sur un tronc. Il est tôt, mes yeux sont tendus dans l'ombre. À six heures nous serons au petit col. J'irai sur la gauche dans les pierres. Je veux aller là où je ne connais pas. Dans les recoins éloignés qui mordent.

Nello est derrière, pour cette chasse il faut être plusieurs, nous allons doucement sans parler. Il faut que tout communique dans l'air, comme une brise dont je connais le souffle sur mon visage et dont il sait aussi l'odeur. Un signe suffit pour que son visage acquiesce et nous marchons bien tranquillement dans le sombre. Avec Nello ça va bien, on est accordés. Marc et Yannick sont plus loin, ils prennent par l'autre bout pour faire cercle. Je me réjouis de la fête. Le soleil commence à peine à se deviner sous les pins, nos yeux sont reposés, et prennent la moindre goutte de clarté en plus. Nello suit mon rythme en accordé, je fais le tempo et les haltes, je respire à plein dans le nez pour reconnaître toujours mieux les traces, les passages du gibier et la fraîcheur d'une pisse. Les déjections sont des indices pleins de précisions et de détails. Il faut tout relever dans sa tête et continuer très doucement. J'ai une musique dans les oreilles, les crissements qui montent sous les feuilles, les insectes qui volent bas, s'emmêlent, les oiseaux qui piaillent, qui chantent. J'aime ces sons de la forêt qui se donnent à l'ouïe des hommes. Ces sons disent l'avancée de la vie. L'humidité ou la fêlure des branches, le tempo des insectes et le vol des oiseaux au-dessus. Les langages se succèdent, il faut savoir lire tout ça. Ça se chevauche dans la pensée et parfois les recoupements nous parlent, nous instruisent d'une direction, d'un instinct à suivre noir sur blanc. J'aime cette participation des sens parce que mon corps est à son affaire, pour une fois. Pas comme dans le travail de ville que j'assume en semaine et qui me laisse vide dans le ventre, dans les jambes et avec le nez dégoûté. Là je trace fort sur la mousse, je ne tergiverse pas sur les pierres et la terre je la foule en plein. J'aime ça, c'est presque incroyable. Le boulot est loin dans la brume, en arrière sous la chape de nuit qui plombe la vallée.

Je suis dans ma marge, je respire, dans cet espace qui pulse aux tempes, personne ne peut me dire que je suis trop lent, que les heures ne sont pas effectives et qu'il faut plus de rentabilité dans la cadence. Ici, je sens chaque seconde à fond dans le ventre, je ne perds pas une miette de ma substance. Je trace, je trace, j'ai de la bonne sueur qui commence et les yeux qui deviennent plus tenaces. Je sens tout mon corps se rassembler, monter d'un cran dans sa puissance et je me sens bien. Nello fait un bruit sec. Il a vu une chose qui l'arrête et je le rejoins plus bas, car il fait les gros yeux. C'est un peu dans les feuilles, il faudrait s'approcher pour voir. Soudain ça monte aux sens, une odeur forte parce que le vent, d'un coup, s'est retourné vers nous. Nello ne veut pas aller voir, même si c'est lui qui a donné l'alarme. Je vais vers la masse en avançant sans rechigner, avec Nello sur les talons ; de toute façon, ça ne bouge pas, si c'était vivant ça ne l'est plus.

À un mètre, je décèle une veste toute figée dans les herbes, je me penche et c'est ma gorge qui prend le choc. Un homme. Maintenant que je vois la forme c'est sûr, il y a la tête qui se devine dans la terre et les bras repliés sur le thym. Nello regarde avec horreur mon corps se pencher, mais moi je veux le retourner. Je ne crie pas, pourtant ça monte dans ma poitrine. Le pauvre, on dirait que ça fait longtemps qu'il est là, à se prendre pour de l'herbe, il est noir, ses yeux sont creux et sa peau est pondue d'insectes. Je n'ai jamais vu un mort comme ça, dans les bras de la terre vierge. Il pue, je fourre dans mes narines les têtes de menthe que j'avais ramassées plus bas. J'en file à Nello, pour pas qu'il vomisse. Je parle pour la première fois depuis qu'on marche. « Faut décider ce qu'on fait. » Nello, il n'a plus de son en bouche, il descend plusieurs mètres et il se met le dos appuyé sur un chêne. Je me penche sur la veste qui se déchire, dessous il y a quelque chose qui dépasse, c'est de l'écriture au feutre, je tire la feuille et je comprends comment elle est préservée, elle est dans une fourre en plastique où l'eau n'a pas pu pénétrer. Je vais vers Nello pour tenter de lire.

« Ceux qui me trouveront n'auront pas peur ; je suis mort pour toi, Jésus-Christ, par pure volonté de solitude. Ne vous en faites pas, la souffrance est une machination du diable, elle est sans importance. Merci. »

Nello reste blême et impassible. Je lui dis qu'on n'a plus qu'à abandonner la journée de chamois pour aller au poste. Nello ne bronche toujours pas. De toute façon je sais en mon for qu'une chose comme ça personne ne l'oublie. Les gars verront bien qu'on a eu un souci et ils finiront comme ils peuvent. Ici les réseaux ne passent pas, alors avec Nello on va filer à la voiture pour avertir tous ceux qu'il faut sur une pareille affaire. Je monte sur le chêne le plus haut et j'accroche mon sous-pull rouge pour faire le point de repérage.

Foutue malchance, quand même ! Nello se force à dire que oui il faut y aller, moi je regarde encore le mot écrit et je me dis qu'on n'y comprend rien. En voulant sortir la feuille, je vois qu'il y a un carnet derrière, tout rempli de la même écriture au feutre et aux lettres rondes et appliquées. Je fourre le tout dans mon sac, il ne faut pas laisser le temps aller plus à l'avant.

7

À l'usine, je ne sens plus aucune odeur et les chiffres défilent comme jamais. Une pluie de chiffres. Une nuit de chiffres. Je coche en essayant de rester concentré mais j'ai les yeux qui partent vers la fenêtre à chaque fois. Il fait beau par-dessus l'immeuble. Le ciel se trame des tons de bleus sous le soleil. J'aimerais mieux me promener le long du lac et suivre la tranquillité du courant minuscule, mais ça fait à peine une heure que je bosse, j'ai encore une longue journée. Je n'ai pas eu mon compte de sommeil, parce que même couché je n'ai pas pu dormir. Même couché, tout seul dans mon lit, après le passage de Lucie que j'ai prise bien fort par-derrière à la cuisine, je n'ai pas réussi. Ça m'avait pourtant fait du bien de dépenser mon sexe, après l'épisode du poste et de la recherche et du corps et du nom identitaire. Ça m'avait fait lâcher mon sang pour me débrider dans son corps, pour me sentir bien vivant après toute cette mort dans un seul dimanche. Lucie aussi elle appréciait, car elle était montée sonner pour venir près de ma bouche et sous mes mains, comme elle le fait quand ça lui prend. Elle est repartie, j'ai brossé mes dents en me regardant dans le miroir, j'ai rejoint mon lit et je n'ai pas pu sombrer. Son nom revenait tout le temps à la charge. Leandro Martin, Leandro Martin, Leandro Martin. Rien à faire pour qu'il prenne le large. J'ai repensé au carnet laissé dans mon sac, je n'avais donné que le mot qui était dans la fiche plastifiée. Le carnet avait glissé dans le sac et je n'avais pas envie de leur dire, à tous ces flics, qu'il existait. C'était déjà assez de leur décrire l'histoire par le menu, de les accompagner sur le fameux lieu du désastre pour sentir à nouveau l'odeur, de donner mon nom, mes empreintes et mon temps. Alors je l'ai sorti et j'ai lu la première phrase qui disait : « Voici mes principes de vie devant l'Éternel. »

J'ai arrêté là. Ça me fatiguait d'avance et puis je m'en fous de ce type. J'ai mis le carnet par terre et j'ai à nouveau éteint la lumière pour rien. Jusqu'au matin je n'ai pas pu dormir. Je me suis levé sans le réveil, mais avec les poches sous les yeux et les épaules toutes ramollies. Maintenant, c'est la pause, je me rends compte que je n'en peux plus, j'irais bien dormir sur un banc, en plein cagnard, loin des fantômes. Lise tente la conversation et quand je lui dis qu'hier même j'ai trouvé dans les bois un type mort depuis apparemment quelques semaines, elle ne veut pas me croire. Comme j'ai l'air assez convaincant, elle finit par être confiante et je commence à en rigoler, ça me détend la tête. Le café a plus d'effet, avec une fille en face toute subjuguée et mon rire qui peut se déployer. Le sang se remet à l'ouvrage dans les vaisseaux et la caféine peut enfin être participante. Le ciel à la fenêtre est toujours aussi bleu, et je sais que dans deux heures je mangerai mon sandwich, alors la chaîne défile, les numéros se calment dans mes gestes plus organisés ; de temps en temps, je lance vers Lise un regard noir ou un clin d'œil et je vois son souffle gonfler son décolleté. Ma voisine fait toujours des bruits qui dérangent, des petits soupirs, des raclements, des sursauts qui remontent son ventre ou des bâillements qu'elle aimerait taire et, même en tentant d'être discrète, c'est la seule qu'on entend ici. Je me concentre sur le bruit de roulis du tapis et sur les clics qu'on actionne à longueur de journée et puis sur les autres qui passent avec des chariots pleins de cartons et sur les machines qui se lancent dans des grands discours de bip-bip ou sur les clés de casiers qui tombent et qui sonnent sur le carrelage froid. Tous ces bruits de matériel font dans ma tête une trame de sécurité, une trame pour me soutenir à la tâche, même si je m'ennuie en rêvant de forêt et d'air à respirer, avec les jambes souples qui avancent.

Ici, je trépigne de mon mieux sur place. Je préfère rester debout que m'asseoir sur le tabouret. Mes genoux se lassent d'être passifs et mes pieds se tendent dans mes chaussures. Pourtant je reste stoïque, efficace, je remplis mon mandat de chiffres, de coches à la chaîne et de tampons bien placés sur les grilles.

C'est midi, je sors à côté de Lise qui a pris ses habitudes avec moi sur le banc. Quand nous sommes assis, je la relance pour la visite à la bibliothèque. Elle me dit que nous pourrions y aller demain, après la journée, ou samedi pour avoir plus de temps. J'opte pour demain, car samedi la forêt m'attend et je suis impatient de la prendre à bras-le-corps par les chemins.

8

Je suis retourné chez les flics. Ils voulaient me poser des questions sur le type dont je ne sais rien d'autre que le corps pourri sur mon chemin de chasse. Alors il revient à la charge dans ma tête, Leandro Martin, et j'ouvre le carnet près de mon lit. La page entière est remplie de son écriture au feutre noir et, lisiblement, il est écrit, toujours de la même manière penchée : « Voici mes principes de vie devant l'Éternel, voici mes préceptes de bonnes mœurs devant les hommes et les femmes, voici mes décisions sur lesquelles je ne rebrousserai pas chemin :

Principe devant l'Éternel : loyauté et dévotion à la tâche suprême. Préceptes de bonnes mœurs : le don est sacré même dans l'adversité, mais la tentation du mal est refusée par l'âme forte. Décisions irrévocables : rejoindre ma place auprès de Jésus-Christ par la voie du don extrême. Je suis ici pour l'accomplir, cette fois je parviendrai au but, mourir naturellement sans rien faire, m'abandonner à la mort qui est le plus court chemin entre moi et le repos éternel. »

Ensuite il a noté les jours, jour un, jour deux, jour trois, jusqu'au jour douze. Et en dessous de chaque jour, une phrase de la Bible.

Leandro Martin.

Le flic m'a dit qu'ils ont appelé sa mère qui viendra le voir jeudi, tout congelé à la morgue, pour affirmer que c'est bien lui. Elle vient de loin, apparemment. Je ne comprends toujours pas pourquoi il s'est laissé mourir dans ma forêt, mourir de faim et de soif, c'est confirmé par les médecins légistes, il n'y a pas d'atteintes physiques et pas de traces d'un poison quelconque, mais moi si je veux finir ma vie je me tire une balle dans la tête. Leandro Martin est mort de faim dans ma forêt, avec son petit carnet. Le flic m'a dit qu'il avait déjà essayé une fois dans sa région, mais quelqu'un l'avait retrouvé avant qu'il crève et ramené de force aux urgences.

Demain, j'apporterai ce carnet au flic en lui disant qu'il a glissé de la pochette, dans mon sac, et que je viens de tomber dessus. Je ne veux rien garder de ce type-là. Mais je l'ai lu. Ses principes, ses préceptes et sa décision. Son écriture penchée et sa concentration pour tracer les lettres, je peux déceler la difficulté à écrire qui augmente, au fil des jours. Je me répète que je ne le connais pas. Même si un copain faisait ça, je penserais que c'est une décision extrême et étrange, mais la vie et la mort ça nous appartient souverainement. Je ne sais pas ce qui me tracasse, ce qui fait tourner mes pensées dans un sens qui déraille. Je pense à aller voir sa mère pour entendre sa voix et peut-être pour comprendre. J'ai beau retourner le carnet et y chercher d'autres mots ou d'autres indices, je ne trouve rien, c'est juste l'écriture de Leandro Martin qui me poursuit et les mêmes phrases obscures écrites au début, bien formées : « Voici mes principes de vie devant l'Éternel, voici mes préceptes de bonnes mœurs devant les hommes et les femmes, voici mes décisions sur lesquelles je ne rebrousserai pas chemin. »

Je me demande sur quelles décisions je pourrais dire que je ne rebrousserais pas chemin et quels sont mes principes et mes préceptes ? Qu'est-ce que je serais capable d'écrire au feutre noir et sans trembler ?

Je n'entends plus un bruit dans l'immeuble, le sommeil me fait toujours défaut, mon lit me paraît ennuyeux et je ne veux ni manger ni boire, je vais à la fenêtre, je regarde la rue en bas, grise et toute vide. L'appartement en dessous de chez moi est éclairé. Je regarde les arbres du parc d'à côté, ils bougent à peine dans la petite brise ; mon grand-père Lou doit dormir comme un ange, dans son lit vide, pendant que je me balade chez moi avec mon insomnie.

Je prends un stylo, une feuille et je note : « Voici mes principes devant la vie, mes préceptes de bonnes mœurs et ma décision irrévocable. Principes devant la vie : l'élan pour aller de l'avant, la chasse pour ne pas avoir peur ; préceptes de bonnes mœurs : pas d'attachement aux femmes, être un homme seul ; décision irrévocable : respecter l'héritage de grand-père Lou, quelles que soient ses volontés », et après ça, je me couche.

9

La bibliothèque c'est une forêt de livres. Lise m'y promène, comme une fée, elle en connaît tous les recoins. Je ne retiens rien des domaines et des rangées. J'attrape des mots, des couleurs et ma tête se perd dans les lettres en tous sens. Ce n'est pas une forêt comme la mienne où je me repère avec les sens internes, où le dedans va sur le dehors pour former l'unisson. Ma forêt s'accorde aux hommes, elle se laisse pénétrer, elle se donne. La bibliothèque fait sienne Lise, mais elle me rejette par les mots, les tonnes de mots qui s'y entassent, elle menace de me faire perdre mon chemin. Lise me retient, elle me guide, elle veut aussi que j'ouvre au hasard, que je sente là où va ma main pour voir si, au gré de la chance, je peux tomber sur un livre pour moi. Mais ma main ne veut aller nulle part ailleurs que sur l'épaule de Lise, qui a seulement une fine bretelle. Je touche, elle se retourne, je caresse, elle ne dit rien, je descends tout le long du bras et elle me regarde sans rougir. Je lui dis : « On pourrait s'en aller », elle me répond qu'elle veut que je prenne quelque chose avant, alors je tire au hasard un livre et c'est *La trahison et autres essais*, de James Hillman. Elle me regarde. Je le lui donne pour qu'elle l'emprunte pour moi et nous sortons. Dehors, le soleil frappe sur nous après la pénombre des bouquins ; quand j'approche à nouveau ma main de son épaule toute libre au plein air, elle s'éloigne un peu et elle me dit : « Je ne pense pas que je te plaise vraiment », je lui dis que je ne sais pas, mais que ça ne change rien pour ma main, à qui son épaule plaît énormément. Elle sourit et je me dis qu'effectivement sa bouche me plaît moins, par contre ses cheveux me donnent faim et son odeur m'excite. Elle ajoute que nous pouvons monter chez elle pour boire un verre, si je veux voir où elle dort. Je la suis, la journée est finie et je ne me sens pas pressé de rentrer seul, sous le soleil encore bien placé.

L'appartement est au quatrième, je vois tout de suite l'ordre et la propreté qui règnent sur le plancher de bois lisse, sur les meubles tranquilles et sur la cuisine avec son odeur de vaisselle bien faite. Elle s'assoit sur une chaise, moi sur un fauteuil, elle me demande si je vais vraiment lire ce livre que je lui ai fait emprunter, je réponds que je vais essayer et que je lui ferai un résumé. Elle apporte des jus de fruits sur la table et elle met de la musique de fond. Je bois le jus de pomme lentement, puis je me lève pour regarder à la fenêtre. Elle vient à côté de moi, je lui demande si je lui plais, elle me répond qu'elle ne sait pas mais que son épaule appréciait ma main. Je lui caresse les jambes, je me sens tout à coup impatient à force d'être monté jusque-là, d'avoir bu ce jus en la regardant et d'avoir cette musique qui monte pour cacher nos cris à l'étage. Elle s'offre, Lise, elle passe ses mains sous ma chemise et quand je soulève sa robe elle me dit : « Tu sais, j'ai quelqu'un dans ma vie, je ne veux pas qu'il le sache, avec toi je ne sais pas ce qui me prend. » Je m'en fiche, Lise, je vais savoir comment tu t'offres et peut-être l'odeur de tes draps, je vais tenir tes cheveux avec mes mains que tu regardes depuis un mois et puis peut-être que ça s'arrêtera là. Elle me regarde, elle continue parce qu'elle en a envie, je suis plus jeune qu'elle et j'ai l'air d'avoir une fougue qui lui fait s'activer le sang, alors je la malmène dans sa robe, je la rends presque nue et charmante dans son ensemble en coton blanc. Je la mène vers le petit fauteuil, je descends sa culotte d'un seul coup pour explorer ce qu'elle cache, sa tête se balance en arrière et ses mains s'agrippent et s'enlacent. Je lui baise le cou, je fais du bruit sur la musique, dans l'appartement où le soleil rentre maintenant comme un flot orange de couchant, puis elle m'entraîne jusqu'à sa chambre où nous explorons son lit en détail.

Au pied du lit, il y a son sac ; une fois couché, je sors le livre *La trahison et autres essais*. J'ouvre au hasard, je lis à haute voix : « Le mariage entre le *Puer* et la Psyché apprivoise les pulsions ardentes grâce au sel ordinaire de l'âme. Ce sel fait durer les choses et ressortir les vraies saveurs. Le jeune soufre brûlant doit s'unir avec l'insaisissable mercure de la réalité psychique avant d'acquérir poids et stabilité. » Je m'unis à nouveau à elle, et elle me dit qu'elle se réjouit du résumé du livre.

Quand je sors, il fait nuit et le froid descend sur la ville.

Je suis en chemise, je sors du feu, la brise fait du bien à ma peau palpitante. Je marche le long de la voie ferrée jusqu'à mon quartier, j'observe les chiens traîner leurs maîtres sous prétexte qu'ils ont besoin de pisser, il y a des gens seuls à cette heure qui ne regardent plus personne dans les yeux, je m'en fous, je vais aller au stand de tir, j'ai envie de tirer à pas d'heure, de toute façon c'est ouvert tard et souvent c'est là que le chiffre monte en flèche car les hommes sont bien déchaînés la nuit, en semaine, quand ils viennent tirer. Moi j'aimerais juste mettre quelques balles, sentir que je vise juste et faire l'exploit de la cible la plus loin, en plein dans le mille.

10

Grand-père Lou est là. Devant moi. Debout à ma porte, c'est lui, bien habillé, coiffé et même pas essoufflé.

Moi, je suis claqué comme une bête, comme un champ après la tempête, comme un chemin creux, comme un ciel vide. Cette fois, on l'a eu notre chamois, demain on le coupera chez Yannick. C'est dans sa cave qu'il y a de la place, et personne pour venir s'effrayer de la chair et des bruits. Grand-père Lou, c'est fête qu'il soit là, je ne l'ai pas revu chez moi depuis la mise en terre de grand-mère. Il faut croire qu'il a pris sur lui pour se bouger, le soir, jusque chez moi. Ça fait plaisir de s'asseoir ensemble pour trinquer à la belle journée ; il me dit qu'il a lu et qu'il s'est promené, je lui raconte la chasse qu'on a eue. Parfaite. Avec le vent comme il faut, pour rester dans l'inaperçu jusqu'à être au plus près des bêtes. Un petit groupe de chamois magnifiques, en train de paître sur les flancs de coteaux. Dans la barrière des arbres, on a dû établir un plan. On a dû se décider à mettre fin au calme, à mettre un coup de feu dans l'image du troupeau bien planté qui broute. C'était un beau chamois, trapu sur ses pattes, il faisait bien ses quarante kilos. Quand on s'approche, il y a sa masse de chair à soulever, ce n'est pas du flan. Les autres chamois étaient déjà loin dans les fourrés, sur l'autre versant, s'enfuyant dans l'écho du coup de poudre qui avait fait s'écraser l'un deux. Grand-père Lou, je vois la nostalgie sur son visage, il se remémore lentement tous ces moments qu'il a vécus en forêt, en montagne, en chasse avec moi ou encore avant.

Je laisse le silence nous prendre, je laisse les souvenirs remonter les pentes de sa mémoire un peu défaite. J'avais six ans, la première fois que je suis allé au col avec lui et que je l'ai vu tirer un chamois. On boit notre thé qui refroidit. Le silence reste tranquille et opaque, je ne veux rien faire pour le déchirer. Dehors, la ville clignote mais moi je regarde les yeux de Lou et je vois du rouge et de la fatigue qui est là depuis trop longtemps. Il soupire, il me dit que tout ça c'est bon à entendre et qu'en même temps il se sent fini. Je sers le repas dans nos assiettes, on mange parce qu'on a faim et que la faim rassemble les vivants, puis on boit de sa prune parce qu'on a soif et que la prune rassemble les rires et fait tomber les vieilles fatigues. Lou mange bien et boit bien, je vois que tout fonctionne chez lui et qu'il ne devrait pas se réfréner ni se ménager comme un petit vieux. Il devrait vivre tant qu'il le peut, encore bien planté sur ses jambes, laisser battre le sang courant dans ses veines, sans avoir peur de trop s'user.

Je ne sais rien de la vieillesse, j'ai vingt-cinq ans alors je ne dis rien, je lui verse un autre verre de prune et je vois ses yeux s'allumer comme deux feux.

11

Je ne suis pas allé à l'enterrement de Leandro Martin. Je ne le connaissais pas, sa mère a rapatrié son corps chez eux, alors je ne sais pas où il est, dans quel cimetière ni dans quelle rue habite sa mère, qui était peut-être la seule ce jour-là en noir à la messe.

Je n'aime pas les enterrements. Je sais comment ça se passe en général, les paroles de père en chapelle et l'encens. Mais je suis quand même dans l'embarras pour Leandro Martin. Je ne sais pas comment ça me vient et pourquoi ça persiste mais je ne peux pas faire sans, c'est là, ça colle aux heures, ça reste dans le creux de mes pensées et ça surgit à tout bout de champ, comme s'il me restait un devoir ou une énigme à défaire, par sa faute, et que la paix ne reviendrait pas tant que ce ne serait pas tiré au clair. Je n'ai plus son petit carnet, je l'ai donné aux flics, je n'ai plus son odeur dont j'ai préféré me débarrasser, mais j'ai quand même sa couleur dans les yeux et ses phrases en tête qui résonnent. Le soir j'y pense. Cette nuit, je me réveille avec des rêves de promenades dans les thyms, des morts partout dans les touffes odorantes et l'herbe qui leur pousse par le nez. Et ce matin encore, quand je veux me lever tranquille, dans le calme du dimanche, je pense à sa mère, je me demande ce qu'elle pense de lui et si elle est triste.

Je regarde autour de moi, je vois mon appartement, plein de choses s'y entassent, alors je range, ça me soulage. Je fais un tas d'habits sales à descendre à la machine, je glisse mes revues de chasse sous la table du salon, je remplis ma poubelle de vieux programmes télé qui font des lambeaux sur le fauteuil, je ramasse tous les verres qui traînent, je mets mon sac de chasse dans le placard et je file même un coup de balai à la poussière qui prend ses aises.

C'est mieux comme ça, pour sentir le dimanche chez moi. Il arrive mieux jusqu'à mon corps, je peux renvoyer Leandro Martin dans sa bonne mort choisie et mûrement réfléchie pour qu'il s'éclate éternellement avec Jésus ; moi je regarde la ville qui se ménage, qui en fait le moins possible, en pause, repos, horaire *mezzo*, comme pour férié, dimanche, fermé, vacances, et, à force de la regarder faire, je me mets à l'unisson et je me rends compte des avantages à vivre un dimanche d'octobre peinard dans mon deux-pièces.

J'en profite pour ne rien faire. Pour ne rien penser dans ma tête et laisser mon corps apprécier son stand-by. J'en profite pour me sentir chez moi, admirer le nouvel ordre des choses qui fait son effet de propreté et de calme dans le salon. Je suis assis sur le canapé bleu, je n'ai besoin de rien dans l'absolu de ce dimanche, besoin de rien ni de personne, besoin ni de télévision, ni de journaux, ni de distraction, ni d'autres boissons, ni de femmes, ni de pensées qui tournent comme les mouches.

Je revois la scène d'hier dans la montagne et le souvenir me comble de sensations. Les tempes qui battent, l'éclair de la chute instantanée, la course dans les ronces pour accéder à la dépouille qui se vide de sa chaleur sur la terre, puis je revois le grand-père Lou hier soir à table et j'ai le goût prononcé de la prune qui remonte.

Je l'ai raccompagné dans la nuit, Lou, il ne reconnaissait plus les quartiers, comme si le noir lui faisait perdre son nord, à moins que ce ne soit la deuxième prune qui le mettait dans cet état-là, mais il était tout heureux du voyage, il découvrait des passages et des régions insoupçonnés qu'il connaît pourtant depuis qu'il est né, lui qui n'a quitté le canton qu'une seule fois. Je l'ai laissé sur le pas de sa porte, il s'étonnait d'être chez lui. Je suis rentré, tranquille dans la nuit, sans frissonner ; la ville ne me fait aucun effet, je n'imagine jamais rien de terrible ou de dangereux dans ses recoins. Je suis comme le chamois, je reste libre jusqu'à ma fin ultime.

12

Lise est sur moi, vibrante, suante, géante, tournante. Elle prend goût à ma peau qui chauffe, à ma présence dans son espace. Son type est parti pour un mois, je comprends qu'elle ait besoin de moi. Personnellement, ça ne me gêne pas de l'accompagner le soir. Elle, la pensée coupable l'habite, ça a l'air de renforcer son désir.

Tous les deux, nous nous demandons ce qui nous rassemble, et nous nous rassemblons quand même, corps à corps sur le lit et dans la cuisine propre, bouche à bouche sous la douche, et boire un verre sur le canapé du salon, au soleil couchant ; je commence à aimer son odeur partout, j'essaye de ne pas trop m'habituer, je sais la mauvaise tournure des habitudes et qu'il est dur après de les mettre hors de soi, quand elles se croient chez elles. Demain j'irai voir Nello, je laisserai Lise, même si elle me demande de venir. J'ai aussi le stand de tir, et rentrer seul des fois et aller voir Lou de temps en temps. Je ne compte pas faire l'habitué qui revient chaque soir chez elle. Lise a beau être plus âgée que moi de quelques années, je ne sais pas si elle a vu beaucoup de choses dans sa vie, avec son teint de rose et ses études de lettres, je n'en sais rien, nous ne parlons pas de famille ou d'enfance.

Moi, c'est vrai que je n'ai pas de voyage à conter, je ne suis jamais sorti du pays, en même temps, je me fous d'aller voir ailleurs ce que je trouve déjà beau ici, comme le ciel et la nature que j'ai appris à traquer. La montagne, la forêt, je ne sais pas ce que l'étranger contient de différent. Je découvre toujours une plante que je ne sais pas nommer, quand je pars le samedi en forêt et, le soir, je la cherche dans mon livre sur la flore. Lise a une cicatrice grande comme mon pouce sur la cuisse gauche. J'aime bien passer mon doigt dessus, c'est une marque de la vie qui blesse, elle me regarde rester accroché à cette peau dentelée, elle hésite encore à m'en parler, elle dit : « je te raconterai peut-être », et puis nous retournons dans le vif.

Toutes les pièces de l'appartement ont vu nos corps se prendre. J'aime particulièrement le salon où les fauteuils offrent des positions palpitantes, ainsi que la salle de bains avec la baignoire plus longue que chez moi. Depuis chez elle, je regarde la rue en bas. Je ne la connais pas cette rue et je m'aperçois, à ce moment-là, que j'ai besoin de rentrer chez moi pour voir où en est ma rue, presque vide avec ses ombres, ses passants et ses réverbères.

J'aime regarder par la fenêtre de mon appartement ; chez Lise, je sens que ce n'est pas mon rôle. Elle me propose de rester manger mais je file, je descends les escaliers, je me retrouve dans le soir qui étend sa pénombre sur la ville. Je me fais rapide sur le goudron, qui répand la chaleur du soleil accumulée tout le jour, et je passe la voie de chemin de fer, et je passe les quais, et je passe le parc, et je passe les rues qui mènent chez moi et je la retrouve toute seule, normale, ma rue, plongée dans ses ombres tranquilles.

Je monte chez moi pour mieux la regarder d'en haut, de mon point de vue, pour la dévisager dans le fond, comme je sais le faire depuis des années. Je sais tout de suite qu'il ne s'est rien passé, qu'il n'y a eu que des heures de routine et que personne ne l'a dérangée. Un fois, il y a eu un accident, une voiture en plein dans le trottoir, qui s'est plantée avec un homme. Des fois, il y a les pollens du parc qui viennent se déposer et ma rue est toute blanche, même la nuit elle reste poudrée, il faut un vent qui souffle fort ou une pluie longue et puissante pour lui faire retrouver son gris. Son goudron tranquille ordinaire.

13

Je ne trouve rien d'autre à lui dire que cette nouvelle du jour, apprise à midi à l'usine : dans dix jours, tout le personnel aura deux semaines de vacances forcées et pas le choix de les mettre ailleurs, ils vont rénover les lieux. Nello il s'en fiche de mes vacances et du boulot que je traîne là-bas à l'usine, mais bon, ça engage la conversation. Depuis l'événement de Leandro Martin, on n'ose plus tellement parler de chasse. Je sens bien que ça le taraude encore, il sait que c'est moi qui me suis le plus tapé les flics, vu comme il était pas du tout causant. Je pense que c'est peut-être le premier mort qu'il voyait, je suis d'accord, ce n'est certainement pas le meilleur ni le plus beau, ça faisait déjà quelques semaines que la forêt le travaillait dans le corps alors que son sang ne tournait plus, mais bon, on est quand même des hommes et il faut se remettre de ces choses-là qui arrivent à tout un chacun dans une vie normale, la mort fait partie des habitudes de l'espèce. Je lui laisse un peu de temps pour digérer l'affaire, mais après je me dis qu'il faudra que ça lui passe, qu'on puisse aborder le sujet sans faire toute une montée de folie.

Chez Nello, c'est bruyant. Il habite au troisième, ses voisins de palier s'engueulent tout le temps, en dessous c'est une famille nombreuse et la rue est très circulante. Je lui propose d'aller faire un tour, il acquiesce, on descend. Dehors, il fait déjà sombre, les réverbères s'allument pendant qu'on marche sur la chaussée, la marche aide à parler, on peut regarder droit devant au lieu de regarder l'autre en face. Nello me dit qu'on pourrait aller en Espagne, vu que j'ai deux semaines de pleine liberté qui arrivent et qu'il pensait justement aller voir sa famille, là-bas à Barcelone dans le Sud, avec le soleil et les fêtes dans la nuit.

Je ne suis pas un voyageur. L'Espagne résonne comme de l'évasion sèche dans ma tête. Je lui dis que j'hésiterais trop avant d'arriver à monter dans un train pour de bon, dans un avion, c'est pire. Je me transporte seulement en voiture ou à pied, mais monter dans un train qui m'arrache vitesse maximale à ma ville, à mon pays, je ne sais pas si je pourrais le faire. Pas que ça me fasse peur, l'inconnu espagnol, mais je n'ai pas l'envie forte du dépaysement et de l'ailleurs. Si je ne suis pas dépendant d'une femme, je le suis par contre de ma forêt et de mon appartement, qui me donnent des repères. J'aime le connu, ça me procure du plaisir. La vue de ma rue, l'odeur particulière de ma chambre, de mon salon et de ma cuisine, le son de mes pas sur les marches de l'escalier quand je grimpe mes trois étages, les faibles bruits de passages, de frottements le long des murs et qui font que je me sens vivant chez moi, bien chez moi. La forêt me manque vite, même quand la chasse n'est plus de saison et qu'il y a les longs mois d'attente, je vais la parcourir, mes pieds sont heureux et impatients de la fouler. Au fil des saisons, je retrouve les différentes odeurs et les couleurs en dégradés qui balancent des nuances dans le paysage. L'Espagne, je dis à Nello, l'Espagne je ne connais pas.

Nello me dit que, justement, c'est l'occasion de la découverte de fond avec un autochtone comme lui qui connaît tout à cœur, les plages de sable, les boîtes de nuit, la famille, les filles des *casas* et la langue qui chante. Je dis à Nello que je vais réfléchir au programme de mes deux semaines, que l'on se tient au courant bientôt. Je ne crois pas à Barcelone, là-bas au sud de mon appartement, trop loin de ma petite rue. Je ne crois pas au train qui file dans la nuit de novembre, dont la vitesse fait frémir les frontières. Je pense au silence tranquille quand je passe des heures à observer, ou à essayer de lire des livres chiants dans le lit de Lise ou à déchiffrer tranquillement sa peau. Je pense à la chasse qui continuera d'être ouverte, aux marches dans les roches, à faire un seul pas par minute pour ne pas effrayer le gibier. Je pense aux yeux qui doivent apprendre à toujours mieux voir parmi les ombres, les balancements de la végétation et je pense à la précision nécessaire du tir, l'instant où je me décide à croire en ma chance absolue de toucher l'organe vital. Je préfère mon idée de vacances à la sienne, mais je ne dis rien.

Nello, c'est normal qu'il aime son Espagne, il est né là-bas, Barcelone est la première ville où il ait respiré. Moi je ne sais pas où j'ai respiré en premier, mais où je respire en ce moment, je suis bien, il n'y a rien à changer dans l'air.

On continue de filer sur le trottoir, bientôt on atteindra le bar et on retrouvera nos bonnes habitudes entre hommes du quartier.

14

Encore sept jours pleins d'heures d'usine, pleins de travail sur la chaîne qui file, pleins de gestes identiques, de répétitions, dans cette salle toute bruitée de monde et de machines. Je crois que ces deux semaines de pause imposée vont s'apprécier parfaitement. Je ressens comme un dégoût qui prend trop de place en ce moment, et le travail devient difficile. Je n'ai pas l'habitude de faire les choses à moitié et, là, je ne me sens pas entièrement à la tâche. D'habitude, même si ce n'est pas une occupation qui me rend heureux, je l'accomplis pleinement, en m'investissant d'une façon qui me convient, avec les gestes et le rythme à maintenir. Dans ma tête, je crée des images de forêt qui s'emmêlent, des sons qui m'aident à tenir le tempo, je bosse. J'encaisse le fric dont j'ai besoin pour manger, le fric dont j'ai besoin pour le loyer, le fric qu'il me faut pour respirer dans mon deux-pièces et boire ce que je veux et tirer comme le cœur m'en dit. Le travail ne me pèse pas car je connais son sens, je sais sa nécessité pour poursuivre le cours des jours normalement. Mais depuis qu'il y a ce délai, cette ligne qui s'interrompt, j'ai comme un creux dans le ventre. Je trie les paquets avec un creux dans le ventre, je tamponne avec un creux dans le ventre, je saisis avec un creux dans le ventre, je pose avec un creux dans le ventre et je sors de l'usine comme si j'étais un autre que moi. Lise arrêtera ce boulot. Elle tire encore cette semaine et elle reprendra le rythme des amphithéâtres.

Moi je sais que je ramènerai mon nez dans le même coin, après mes deux semaines de grand air, et c'est peut-être ça qui me fait un trou dans le ventre.

Je regarde Lise pour voir si le trou disparaît lorsqu'elle apparaît. Elle a les cheveux relevés en chignon et ses bras flottent dans un coton bleu. Je vois sa nuque, ça me rassure de savoir les caresses toutes proches et prometteuses ; lorsque son visage apparaît de profil, je me répète les mots qui viennent quand on est chez elle, qu'il y a de la musique et qu'il fait tellement chaud que l'atmosphère en devient rouge. Mais aussitôt, l'imagination s'effondre, ma voisine tousse, j'ai froid aux cuisses et les machines vont trop vite pour que je rêve. Je laisse le creux retrouver sa place, j'ai du mal à respirer. J'ai peur de devenir malheureux dans cette usine, mais je ne vois pas d'alternative à cette chaîne sur laquelle j'ai ma place et grâce à laquelle je ramasse, à la fin du mois, l'argent dont j'ai besoin. Je ne vois rien devant qui soit différent. Je vois Lise qui regagnera sa niche et son jules qui reviendra au chaud.

La seule chose nouvelle, c'est la bibliothèque où je pourrai errer seul, parfois… pour revoir en pensée le moment de la bretelle, ou pour aller feuilleter, au hasard, les livres dont les phrases me donnent le vertige. J'aime les mots, lire avec Lise m'a au moins appris ça. J'aime les mots, même ceux que je ne comprends pas, ils font du vent dans ma tête et chassent les pensées tournantes. Je me sens dans un élément naturel qui me dépasse. J'irai encore à la bibliothèque, même sans Lise si elle ne peut plus me voir. Je me trouverai une petite place de silence feutré pour apprivoiser cette masse de mots qui me donne le tournis.

Je sais que tout ça est aussi la cause de mon mal. Je sens l'accès fermé à une autre tranche de vie, au-dessus de moi, là où les hommes ne font pas juste des mouvements idiots sur une chaîne, mais utilisent leur potentiel, corps et mental ensemble, pour rendre le travail fort et dense.

Je me demande ce que faisait Leandro Martin dans la vie, avant de décider de la couper net. Il écrivait des lettres parfaites au feutre noir mais, à part ça et la lecture de la Bible, je ne sais rien de lui.

En fait, je ne sais pas pour quelle vie je suis fait, j'ai l'impression d'être vivant seulement dans l'air qui frappe, avec l'animal que je pourchasse et que je suis fier de débusquer. Je me sens bien, aussi, dans le corps qui se surpasse et dans les étreintes animales qui font s'ouvrir le corps des femmes, en même temps je n'en veux pas une seule qui prenne de la place, je n'ai en moi de la place pour personne dont je dépende pour me sentir bien, et puis j'aime les mots, et j'aime tirer au stand de tir et je déteste les femmes négligées qui pensent que juste leurs formes peuvent donner l'envie forte aux hommes. Je ne mange pas de viande de supermarché, ce sont des bêtes qui vivent pour mourir et pourtant je travaille comme une machine au lieu de fournir ma tête et mon corps dans le boulot, je veux bien boire des fois à outrance, le samedi, avec les gars qui chauffent les heures de la nuit mais des fois je me sens mieux seul et je ne fais pas partie d'une troupe. Je suis toujours décalé, sauf dans ma forêt végétale.

15

Nello prend le train et moi je compte dans ma tête. Dans deux jours, je serai libre de me lever pour faire autre chose que la chaîne à longueur de journée. Je l'ai accompagné jusqu'au quai, il est chargé comme pour la chasse. Ça se voit à son visage qu'il se réjouit de la fête, il est déçu d'y aller seul, mais j'ai donné mes raisons et je n'ai aucun regret quand le train s'éloigne avec lui. Il va sentir les odeurs qu'il connaît dans le Sud, danser dans les nuits de Barcelone, moi je n'ai pas envie de faire des découvertes, juste retrouver mon visage, ma tranquillité qui se reflète quand je me regarde en me brossant les dents, donc rien de sensationnel que l'ordinaire de ma vie, avec le luxe de ne pas aller travailler. Sur le quai, le vent me fouette le corps, je me sens loin de la ville, dans une zone qui ne serait pas réelle, seulement transitoire.

Il y a des gens qui attendent sur le quai d'en face, la taille de leurs sacs montre pour combien de temps ils partent. Je me dépêche de quitter les lieux pour sentir que ma ville est toujours là, que les trains ne s'en vont pas pour moi. Je serre mon blouson, je cours dans l'escalier, je traverse le hall rempli de gens pressés, je sors sous le soleil froid qui me répète qu'on est en novembre et que l'hiver approche dans le ciel blanc. Les voitures foncent, je prends le tramway sur la place, je regarde la cathédrale dans laquelle je ne suis jamais entré et je décide d'aller acheter un plat à emporter. Je n'ai pas envie de cuisiner et pas envie de rentrer tout de suite. Je veux retrouver l'intimité de cette ville, de ses rues, de leurs noms, de leurs longueurs et de leurs fréquentations. Je veux me sentir bien n'importe où, je me repère, je sais où aller manger, où trouver des parcs, des copains, des bars ou de l'eau qui coule par-dessous les ponts. Mes sens connaissent cette ville, je suis un de ses habitués. Je descends à l'arrêt suivant, je marche, je suis mon envie. Finalement, je fais même des détours pour passer devant l'immeuble de Lou, ça fait trop longtemps que je ne l'ai pas vu et il n'aime pas téléphoner. Quand je sonne chez lui, il y a d'abord un moment de silence forcé, quelque chose qui s'arrête pour mieux reprendre, puis j'entends que ça remue à l'intérieur, et ensuite je reconnais ses pas dans le couloir. Lou ne ferme pas la porte à clé, mais je préfère attendre qu'il vienne ouvrir, que je sache s'il me propose d'entrer ou s'il veut rester seul.

Ce soir il a l'air fatigué, il m'invite à m'asseoir un peu, les rideaux sont tirés et il mange un sandwich. Je lui raconte l'Espagne où je n'irai pas et Nello qui file dans la nuit. Lou a tout de suite le souvenir qui remonte de son voyage à Barcelone, il avait tout juste vingt ans et un costume en lin pour seul vêtement de rechange, dans sa valise. Il me raconte que cette ville était belle à tomber malade, que les femmes sentaient la mandarine. Il me décrit les siestes dans l'appartement de son copain Edouardo et la rue rouge et les marchés couverts. Je lui dis que ça ne me fait pas envie, cinquante ans plus tard ça doit sentir l'essence et le béton, comme partout. Je mange avec lui une salade et de la brioche. Mon ventre accepte ce qui vient facilement, j'écoute le vieux Lou qui insiste pour sortir l'album. Celui où je suis petit comme un lapin, tout enveloppé de couvertures, on ne voit que moi, couché, endormi, sourires, grimaces et puis un peu plus grand, assis, jouant, mangeant. Lou raconte encore comme c'était drôle et comme j'étais vorace avec le biberon donné par grand-mère Odette. Moi, je bois du thé et je regarde d'un œil ces photos que je connais dans le cœur, comme si elles avaient toujours existé. Lou me regarde soudain sérieusement et puis il dit : « Maintenant, je dois te montrer quelque chose. » Il va dans sa chambre, il revient avec une pochette en carton bleu, il me demande si j'ai déjà ouvert le sac, je lui réponds par la négative.

La pochette, il l'ouvre sur la table, il en sort une photo de deux jeunes mariés devant une église que je ne connais pas. « C'est toi et Odette ? » Le Lou il s'empourpre, il tousse, j'ai l'impression qu'il hésite à sortir les mots qui viennent en masse jusqu'à sa bouche, mais l'envie monte et il donne les noms : « Jeanne et Lucien », et ses yeux se plissent comme pour voir plus loin dans leurs visages.

Je comprends que la vieillesse rende l'émotion facile, mais moi je regarde, impassible, je ne les ai pas connus et c'est juste une photo jaunie. Que ce soient mes parents, tout jeunes, qui se marient — et moi je n'étais pas encore là —, c'est une chose qui est peut-être belle dans le souvenir de Lou ; maintenant que je suis grand et que sa femme est morte, il ose verser des larmes devant moi sur son assiette, mais moi ça ne change rien à ma vie. Lucien et Jeanne, il m'a déjà dit quelquefois leurs prénoms ; voir une photo d'eux, ce soir, ne fait pas monter ma température, de toute façon la mort les a bien emportés comme il faut, juste après mon arrivée ici-bas et je connais le refrain depuis toujours. Lou se met à raconter l'automne, la fête, ma mère qui avait tout juste vingt ans et un visage de fleur, le vin frais, les gars qui venaient droit des vendanges pour trinquer avec eux et le curé et Odette qui avait dansé et les petits cousins en bande dans les jupes. Je ne vois rien de tout ça, c'est comme un film dont je n'arrive pas à me faire spectateur. Lou, par contre, il est là-bas quand il raconte, le passé est sur lui comme un vent qui s'agite, je crois qu'il ne me voit plus derrière les images qui remontent et, lorsqu'il se sert un verre de vin rouge, ce n'est pas avec moi qu'il trinque mais avec Lucien. Il lui dit : « Tu prendras soin de ma fille, attention à pas l'abîmer, c'est une fleur ! » Je bois avec lui pour essayer de rejoindre cette fête où je n'étais pas et où il tente de me convoquer, mais il n'y a rien qui vient vers moi, je vois juste la nuit qui monte, novembre dehors qui fait son travail de saison, je vois juste Lou qui me parle mais je ne l'entends plus, avec ses yeux dont le blanc devient rose et ses mains qui se posent sur la table pour se retenir encore au présent.

Je ne vois rien, ça me fatigue, je n'ai même pas l'ivresse qui m'enchante, alors je lui dis que je vais y aller avant qu'il ne soit trop tard, il faut qu'il se couche bientôt, l'heure a bien avancé. D'un coup, ça le fait revenir dans le silence. Il me serre la main, je trouve ça bizarre et sérieux. Je ne dis rien, je vais à la porte pour sortir, Lou ajoute : « Maintenant, il faut ouvrir le sac », moi je me contente de hocher la tête.

16

C'est midi, je sors pour respirer. Lise est silencieuse à mes côtés. Elle n'arrive pas à dire ce qu'elle veut. L'homme qui vit avec elle revient ce soir, je ne peux rien pour elle concernant son futur, je lui rends le livre que je n'ai pas réussi à comprendre mais dont les mots me font rêver et je lui dis qu'elle peut venir chez moi à l'occasion. Elle doit sentir que je ne suis pas ravi, parce que je préfère quand c'est chez elle. Enfin c'est comme ça, ce soir l'appartement de Lise sera fermé à l'adultère, elle ne pourra plus accomplir le sacrilège. Tant mieux, ça m'épargne ce que j'aurais dû faire tôt ou tard, arrêter l'histoire quand la femme commence à trop s'attacher. Nous marchons dans le parc, Lise finit par me dire : « Je me demande si je l'aime encore… », je n'arrive pas à répondre, ce n'est rien d'important, rien pour moi cette phrase, c'est son affaire, je ne veux pas savoir comment elle le recevra ce soir, si c'est avec le corps offert ou avec la tête vide et les bras croisés sur la poitrine. Je ne sais pas de quel amour il est question entre eux et ça ne me regarde pas.

Je lui dis qu'elle fait ce qu'elle veut, elle ne répond rien, dans le silence foutu en l'air par le vent et les voitures qui grognent. Je me sens fâché, je n'ai pas faim, je lui demande ce qu'elle a décidé de faire comme mémoire de lettres mais elle revient sur le sujet précédent et elle me demande si j'ai envie de la revoir ou si je m'en fous. Je lui dis qu'on pourrait se donner rendez-vous à la bibliothèque, ça me changerait de mes habitudes. Elle veut en savoir plus sur mon envie. Je lui explique les choses comme elles sont. Je ne peux pas lui laisser une vraie place de femme dans ma vie, je suis contre ce genre de chose, ce n'est pas pour moi. Je reste seul au fond, et je ne veux pas d'attache. Lise va s'asseoir sur le banc, je la rejoins en trouvant qu'elle sent bon et que des fois c'est dommage qu'on ne soit pas simplement des bêtes qui s'emmêlent les sens, tranquillement, sans fidélité et sans idées de couple. Un cerf qui monte sur une biche qu'il a méritée au combat. Je lui raconte que la saison du rut est finie dans les montagnes. Elle me touche le bras alors je la touche un peu, je l'embrasse, j'ai le corps qui se raidit de désir de savoir que je ne l'aurai pas ce soir… ça me fait comme une tension. J'aurais bien entamé les vacances dans sa peau. Ce sera une autre, j'essaie de penser à une autre en continuant de la toucher. Elle me dit : « Tu sais, la cicatrice sur ma cuisse gauche, c'était du verre cassé, j'avais dix-sept ans. » Je caresse l'endroit à travers le pantalon.

En bas, le lac se voile et se déchaîne, Marc dit que les tempêtes de lacs sont les pires, je regarde les vagues qui montent vers les rivages, il n'y a pas un bateau. Quand nous rentrons pour faire nos dernières heures, je sens combien mes mains sont glacées dans mes poches et je pense que je ne pourrai plus pique-niquer dehors, à mon retour des congés. Heureusement, maintenant ce banc est tout imprégné de Lise, il faudra longtemps pour l'en nettoyer.

17

Le bar est bondé. Avec Marc on parle fort, au-dessus de la table, et on blague bien, on est soulagés de la semaine qui se termine. La bière descend dans mon ventre et remplit ce qui me manquait de bonne humeur, ça compense. Du coup, le bonheur des deux semaines de vacances revient sur moi avec les promesses. Je me sens libre de respirer dans le bon sens, comme si, jusque-là, quelque chose m'en avait empêché.

Le bar est bruyant, on se serre, on discute avec ceux d'à côté, on discute avec des femmes, on rigole et on continue de boire. Puis on suit le mouvement vers un endroit où on danse et, sur le chemin, je parle avec une brune qui s'appelle Eva et qui se laisse approcher doucement. Je n'aime pas danser ; alors je vais m'asseoir et regarder. Marc danse. Il y a plein de corps qui paradent dans l'obscurité, la musique forte attise les envies des uns et des autres. Je bois encore, j'offre un verre à Eva qui vient me parler, on se comprend à peine à cause du son qui monte. Je me fais plus pressant à son oreille et finalement on sort en faisant signe aux autres. Je vois dans la lumière du réverbère qu'elle est prête à devenir indécente, je parle pour l'enivrer. Je vois l'attirance palpable se dessiner dans ses yeux, je la mène dans le noir par la main, je la sens intriguée et sérieuse ; elle pose des questions sur moi, sur ce que je fais, ce qui me plaît dans le fond, je réponds brusquement, comme je sais le faire, mais ça lui plaît d'être franc au cœur, et même si elle hésite d'abord devant la porte, ensuite elle monte avec moi dans l'immeuble. Les marches, on les monte en silence, en écoutant nos pas sonner et le vide résonner dans les étages. Devant ma porte, je sors ma clé, je fais entrer la demoiselle qui sourit et reste debout dans l'embrasure du salon à regarder les pièces qui s'allument. Je lui demande si elle veut encore quelque chose et elle répond qu'elle boirait bien du thé. Je fais chauffer de l'eau à la cuisine. Elle va s'asseoir sur le canapé, les jambes croisées, je sais que j'ai déjà vécu cette scène plein de fois. Je vois le dénouement exact, dans ma chambre ou ici même. Je ne connais pas encore l'odeur de la peau d'Eva, mais je sens son corps qui se rend disponible à l'instant. Elle regarde par la fenêtre, je la regarde. Soudain elle se retourne et elle me demande si elle peut dormir là. Je suis un peu étonné de la demande, elle me dit qu'elle n'a nulle part où coucher ce soir, elle ne veut pas en dire plus. Je vais vers sa poitrine, je glisse mes mains sous son tee-shirt blanc, elle se laisse faire sans riposter, elle reste impassible. Elle redemande : « Alors je reste chez toi cette nuit ? » Elle arrête mes mains à l'entrée de son soutien-gorge. Je réponds : « O.K. » Elle me regarde en disant qu'elle espère que je tiens parole, et moi j'acquiesce parce que je ne promets jamais rien. Eva ensuite se débat un peu. Elle va dans ma chambre et elle dit : « Je dormirai dans ton lit », moi je n'ai jamais dormi avec une fille toute la nuit dans mon lit, mais son corps qui se dérobe m'oblige à accepter. Je veux m'approcher d'elle, sentir qu'elle me cède, je tends ma main vers son épaule quand, d'un coup, elle sort un flingue et le pointe sur mon visage, direct, en me disant : « Tu ne me touches pas et tu me laisses dormir, va à côté ! » Je suis choqué par le flingue et le ton dur, je ne vois pas ce qu'il y a de si fort à vouloir dormir seule, même si je comprends qu'elle ait décidé que je ne la toucherais pas. Je lui dis avec la voix douce : « Tu veux juste dormir ? » Elle acquiesce. Je ne comprends pas pourquoi elle sort un flingue pour une histoire de sommeil, son regard sur moi est comme de la braise qui couve sous le feu, je sens la possible explosion dans sa tête. Comme je ne sais pas quelle folie la traverse, je me tais et je la regarde en hochant la tête. Elle dit encore : « Alors laisse-moi ta chambre jusqu'à demain, je te répète que je veux juste dormir sans que tu me touches. » J'ai encore le désir dans le corps, mélangé à l'adrénaline et à l'image nette du flingue qui me provoque. Ses cheveux se sont défaits dans la lutte, un air sauvage fait rayonner son visage tendu. Les secondes s'écoulent comme des minutes dans la sueur que je sens sur mon dos, je n'arrive pas à décrocher de ma place, je la regarde, figée dans sa pose. Puis Eva s'assied sur mon lit, je sors de la chambre pour qu'elle croie que je la laisse s'installer. Je vais chercher mon sac dans le placard, je sors l'arme, je mets trois balles dedans et je retourne vers la chambre où Eva est toujours avec son revolver.

Je pointe la carabine vers sa tête et je lui dis : « Tu vois, moi aussi je peux m'amuser avec ces choses-là ! » Elle ne bouge pas d'un pouce et reste silencieuse. Je sens l'air qui stagne dans la pièce, les atomes font la course entre nos deux canons face à face. C'est comme les leçons de physique-chimie, je ne comprends plus rien à ce qui se passe, les pôles négatifs et positifs s'allument, s'inversent, le temps est en pause dans l'espace. Le sang bat dans mes veines, je sens chauffer mon épiderme, mais je suis bien aussi, comme dans une chasse sensationnelle où il n'y a que l'intuition qui sauve. Eva ne dit toujours rien et je lui dis de me suivre, qu'on va aller boire le thé avant qu'il soit froid sur la table. Comme elle ne bouge pas, j'avance doucement vers elle, la carabine baissée, je lui prends la main, un peu ferme. On part à la cuisine avec nos armes de chaque côté, en se tenant par la main. Eva s'assoit, pose son revolver sur ses genoux, je pose aussi ma carabine et je sers les deux tasses qui attendent sur la table. On respire la menthe infusée qui s'élève en volutes, Eva souffle et boit, je commence par me réchauffer les mains sur la tasse brûlante. Je m'aperçois que j'ai eu froid partout, et en même temps j'ai transpiré. Eva me plaît étrangement. Elle condense la beauté échappée de nos armes pointées l'une vers l'autre.

On est toujours silencieux, à écouter seulement les voitures au loin qui se déplacent et le thé qui coule en nous facilement, puis Eva se lève d'un coup, elle pose son revolver sur la cuisinière, elle me regarde avec l'air sérieux de quelqu'un qui sait ce qui se passe, puis elle retourne à pas lents dans ma chambre.

Quand je la rejoins, elle est nue sur mon lit. Ses cheveux coulent sur son dos creux, ses fesses dépassent du drap qu'elle a à peine remonté sur ses pieds. Je m'approche, je vois qu'elle a les yeux fermés, j'aimerais la toucher mais je ne peux pas, sa respiration fait comme une brise profonde sous ses omoplates. Je n'ai même plus envie de la prendre ou de la serrer, juste la regarder me met dans une paix formidable et je m'aperçois que je n'ai jamais vu quelqu'un dormir. J'ai vu des femmes abandonnées un moment après l'étreinte, j'ai vu des morts, j'ai vu des bébés dans leurs poussettes, mais je n'ai jamais vu une femme dormir. En plus, dans mon lit. Je la regarde longtemps puis je vais me doucher. J'enfile un caleçon, je me glisse à côté d'elle sans toucher sa peau ; endormie, elle me fait un peu peur.

18

En me réveillant, j'entends qu'elle est sous la douche. J'ai envie d'aller ouvrir le sac maintenant, c'est samedi, je n'ai plus d'excuse, la vie est simple.

Le sac est lourd, je le traîne dans ma chambre. J'enlève la couverture et le drap de mon lit, j'ouvre le sac de toile verte. Je vois tout de suite l'étui en noyer dans lequel est couchée la Purdey. Ça fait longtemps que je ne l'ai pas vue, Lou la sortait rarement. Je vide le reste en tas sur le matelas. Je mets de côté le vieux fusil, les trois paquets de balles et les paires de chaussures. Il y a une veste de camouflage que Lou porte depuis au moins vingt ans, mais qui ne s'use pas d'un fil. Je plie tous les habits de chasse, je les mets en tas à côté de mon lit. Il reste un paquet emballé de papier bleu. Je le prends, je commence le déballage. Il y a une robe blanche un peu froissée, une paire de souliers vernis, noirs, pour homme, pointure quarante-trois, et un petit sifflet en bois. Lou, il m'a fait une surprise dans le sac, c'est pour ça qu'il voulait que je regarde, pour que je m'émerveille devant ces petites bricoles du passé. Certainement que tout ça était à mes parents. Je déplie la robe qui est vraiment mignonne mais qui sent fort le renfermé, je la mets à plat sur le lit. Je veux bien tenter d'imaginer ma mère là-dedans, avec moi qui grandis dans son ventre, mais je ne vois rien que la poussière qui vole dans un rayon de soleil et mes mains qui se posent sur la robe. Je sens le coton amidonné, il est vieux, il n'a pas dû servir beaucoup.

Je retourne vers l'étui, il faut quand même que je vérifie si la Purdey est dedans. J'ouvre, c'est bien elle, avec les gravures et le bois patiné. J'ai peur de la valeur d'une telle arme, elle a été achetée par le père de Lou, ça fait des plombes.

Soudain j'entends Eva qui sort de la salle de bains et je commence à tout remballer. Je mets les affaires de chasse dans le sac, je ferme le coffret, je plie le reste à côté de mon lit, Eva est à la porte, elle me demande d'où sort la robe blanche, je lui dis qu'elle vient de loin, d'avant. Comme elle n'a que ma serviette bleue sur le corps, elle veut l'essayer et je suis d'accord, je n'en vois pas de meilleur usage. Eva repart avec la robe vers la salle de bains et revient en blanc, les cheveux toujours relevés en chignon, mais cette fois je vois comme elle est jolie dans le matin et puis, par hasard, pour faire encore plus charmant, les cloches de l'église la plus proche se mettent à sonner à la volée. Elle s'assoit sur le lit, elle me demande si je chasse souvent, je lui réponds que c'est régulier. Elle me dit qu'elle, elle n'a jamais chassé des bêtes, mais que le revolver qui est dans la cuisine, elle s'en est déjà servie. Je ne dis rien. Je revois ses yeux d'hier soir, je cherche la flamme qui montait entre nous et nos armes, mais Eva se rapproche de moi, c'est étrange de sentir qu'elle porte sur elle deux odeurs qui ne la concernent pas. La première, c'est le vieux coton, l'autre c'est celle que je suis habitué à sentir sur moi, le parfum de mon gel douche pour homme. Je lui demande si elle a bien dormi, elle dit que oui, je me couche sur mon lit pour décrocher mon regard de son visage. Je ne sais pas ce qui se passe, je ne sais pas qui elle est, en même temps, je la sens tellement proche que je pourrais dire qu'elle touche des choses à l'intérieur, ignorées, tout au fond. Je lui demande quand elle pense partir et elle répond qu'elle n'y pense pas. Le silence fait son chemin dans la chambre, j'aimerais qu'il se passe quelque chose mais je n'ai pas de force pour agir moi-même. Je reste à regarder le plafond, elle est à un mètre à peine, qui ne bouge pas, qui me regarde peut-être, alors quand soudain j'entends frapper à la porte, je suis soulagé de me lever. Pourtant ça ne me sauve pas vraiment, c'est juste le voisin qui a besoin d'un œuf pour que sa mère puisse finir le dessert qu'elle prépare. Je le lui donne et il repart tout de suite. Eva est encore dans la chambre. Je vais mettre la radio pour faire une toile de sons dans l'appartement, que ça m'aide à reprendre le dessus. Ce sont les informations de onze heures trente, je me dis qu'Eva doit avoir faim, même si je ne ressens rien dans mon corps, si ce n'est une sorte de bourdonnement sourd et puissant qui enfle. Je vais pour préparer quelque chose à la cuisine, avec ce qui traîne dans mon frigo, quand elle arrive dans le salon en tendant vers moi ses yeux par-dessus les voix de la radio qui expliquent le nombre d'années qu'il faut pour qu'un déchet atomique devienne inoffensif. Ça me fait oublier sur-le-champ ce que je voulais entreprendre. Ensuite Eva se met à tourner le bouton sur ma chaîne jusqu'à tomber sur une onde musicale. Elle augmente le volume pour que la musique fasse vibrer les fenêtres de crescendos d'orchestre. Elle a l'air de trouver ça génial, elle me dit quelque chose, je n'entends rien, elle baisse le son et sa voix redevient audible pour dire doucement, comme ça : « On mange ensemble ? » Le mot « ensemble » me fait un choc dans la colonne vertébrale, j'acquiesce l'air de rien et je vais à la cuisine. Là on se met à deux pour bricoler un repas avec les œufs, les feuilles de salade et les pommes de terre. Le revolver d'Eva est posé sur la table ; après avoir mis les assiettes, je le prends dans la main et je le caresse du bout des doigts, Eva me regarde faire, elle me demande comment je le trouve, « Léger » je réponds, puis je la braque pour voir si ça fait changer son visage ou la couleur de ses yeux. Elle reste impassible. Elle me demande si j'ai du vin quelque part, je lui réponds que oui, dans le placard. Pendant qu'elle va le chercher, je sens l'arme dans mes mains, comme une partie de son corps que je pourrais apprivoiser. Quand elle arrive avec le vin, je pose le revolver sur la table en lui disant que c'est une belle arme, Eva ne répond rien, elle débouche la bouteille et elle remplit les verres. Quand on trinque elle dit : « À nous deux ! » Ça me fait rire, comme si j'étais emporté par une vague de fond. Eva me regarde sans rien dire. Quand j'ai enfin réussi à me reprendre, je lui demande pourquoi elle dit « À nous deux ! » alors qu'il ne se passe rien entre nous. Eva boit son verre d'un trait puis elle me regarde dans les yeux comme tout à l'heure, avec l'iris brun qui plonge dans mon cœur pour s'emparer de mes veines.

Je vois bien qu'il se passe des choses invisibles entre nos corps, mais je suis incapable de leur donner un nom. Eva respire tranquillement, on dirait qu'elle n'a pas besoin de me parler pour me répondre.

Avec le bout de son index, elle touche le revolver, puis elle touche le dos de ma main, puis elle se lève, elle prend le revolver, elle vise le fauteuil du salon à travers la porte et elle tire en plein dedans. Les détonations s'enchaînent et s'éteignent aussi vite qu'un souffle sans que j'aie eu le temps de m'étonner ou de la freiner dans son geste. Eva se rassoit en jetant l'arme au sol, elle ajoute : « Après, il faudra qu'on aille se débarrasser des tiennes. »

19

Le fleuve coule en puissance, d'un seul tenant entre les deux rives. Avec sa masse sombre, il charrie les dernières feuilles mortes et Eva cherche à se voir dedans. Les reflets s'échappent trop vite, les gros nuages et les petits détails se perdent dans l'eau verte. Moi aussi j'aime regarder le courant, ça me donne le loisir de ne plus penser, de sentir la force qui augmente et mon corps qui se concentre. Eva a froid, on se remet à marcher sur le petit chemin terreux et caillouteux qui longe la berge, sous les immeubles. Il y a des promeneurs du dimanche, ils font leur jogging ou ils accompagnent leurs chiens en bout de laisse. Ils doivent nous prendre pour des voyageurs perdus, pourtant on sait bien ce qu'on doit faire et on accomplit tranquillement le chemin. J'ai encore le gros sac sur le dos, il fait un bruit de ferraille, et Eva, avec son manteau d'homme sur la petite robe blanche et ses collants en laine, a l'air de sortir d'un train venu de très loin. Le ciel froid, au-dessus, menace de nous mouiller bientôt ; nous marchons un peu plus vite, je lui dis que ce n'est plus très loin et que nous aurons bientôt achevé notre mission.

Elle voulait que je balance tout dans le fleuve, elle ne considère pas la perte. Ça se comprend, elle ne connaît rien aux faits exacts et en plus elle ne voit pas pourquoi je continuerais à me servir de mes armes, après ce qui s'est passé la nuit dernière. Comme si j'allais arrêter de chasser tout d'un coup parce qu'elle s'appelle Eva et qu'elle a dormi une fois dans mon lit. Je veux bien accomplir le vide de balles dans mon appartement, elle a fait le premier geste et entre nous ça a son importance, mais je ne peux pas jeter, pour autant, fusil et balles hors de ma vie. Chez Lou, c'est la bonne solution, je peux toujours passer prendre ce qu'il me faut là-bas et comme ça la place est nette dans mon appartement. Eva a mis son revolver dans le sac et ce que je porte sur le dos c'est bien lourd. J'espère que Lou ne va pas faire de difficultés pour être le gardien du matériel. Normalement il est compréhensif, j'ai un double de ses clés et je peux passer à n'importe quelle heure sans le déranger.

Je vois les cheveux d'Eva qui s'échappent de son chignon, des mèches brunes et épaisses. Elle marche vite sans regarder par terre, comme si elle sentait d'avance les racines saillantes et les pierres, car ses pieds se lèvent au bon moment. Je ne la trouve pas belle comme les femmes que j'admire dans les magazines ou dans la rue quand elles marchent avec une classe désinvolte, je la trouve à pleurer.

Je ne suis pas un homme qui pleure souvent, à part pour Odette dans la chapelle, je ne pense pas qu'une femme m'ait fait verser une larme. Pour Eva, je sens les larmes toutes proches comme des bombes prêtes à éclater, peut-être parce qu'elle dégage quelque chose comme du sel qui vous fouette le visage, ou parce qu'elle me fait voyager de façon inconnue dans les lieux que je connais le mieux au monde. À marcher comme ça avec elle, j'ai l'impression de découvrir un nouveau paysage. Je suis séduit par les falaises et la ville en face, le long du fleuve ; j'ai l'impression que je pourrais marcher loin et longtemps sans sentir la fatigue, malgré le gros sac sur le dos.

Elle se met à chanter quelque chose qui ne ressemble à rien que je connaisse, en y mettant toute sa force, avec un souffle énorme, je me demande où elle le trouve dans son petit corps. J'ai bien vu, hier soir, comme elle est frêle, avec une peau tendre qui ressemble au papier de soie qu'on met pour entourer les verres fragiles pendant le transport. Mais ce qui est fou, c'est la chaleur qu'elle dégage dans un lit, un vrai radiateur, on ne le croirait pas en la voyant comme ça, emmitouflée dans ses couches de vêtements superposées.

Quand elle a fini de chanter, elle m'explique que c'est une chanson que lui chantait sa mère, dans cette langue inconnue. Elle est peut-être orpheline comme moi... Pour l'instant je ne veux pas lui poser la question car, de toute façon, c'est sans importance, c'est seulement une pensée qui s'allume dans l'esprit puis retourne doucement dans l'oubli. Je n'aime pas parler de ces choses-là moi non plus. L'immeuble de Lou s'annonce en surplomb, on grimpe vite le sentier puis le goudron puis les escaliers. Lou n'est pas là, je trouve ça étrange car ce n'est plus arrivé depuis des mois que je vienne en son absence. Je pose le sac qui fait son poids et je m'assois dans la cuisine. Eva est dans le salon et regarde la vue, par la fenêtre qui surplombe le fleuve. J'aimerais entendre Lou, lui poser des questions sur le sac que j'ai ouvert ce matin, j'aimerais qu'il voie Eva dans la robe blanche avec son chignon et qu'il ait les yeux qui me donnent la permission de pleurer, mais non, je ne peux pas pleurer, je ne pleurerai pas, même devant ses yeux rouges, je ne pourrais pas faire ça devant Eva sans explication. Je me ressaisis, je lance un café pour répandre la senteur brûlante dans le salon et mettre mes pensées noires en pièces. Eva me dit qu'elle en prendra un, je suis content soudain qu'elle prenne ce qui vient avec sa simplicité manifeste. Elle est assise dans un fauteuil, elle respecte ce qu'elle voit et le lieu où elle est, sans dire des choses de trop ou se montrer curieuse. Je lui suis reconnaissant de sa présence qui ne gêne personne, de sa façon de s'asseoir et de son regard doux qui ne fait que passer sur les choses. Je cherche à attraper ses yeux pour voir si elle répond à un appel qu'elle trouverait au fond de ma pupille, mais son profil se perd dans le ciel qui se fâche à la fenêtre.

Je lui dis : « On va attendre que la pluie finisse pour se remettre en route ? » Elle hoche seulement la tête. Je lui dis en buvant mon café que ça fait presque exactement un mois que j'ai trouvé dans le bois, à la chasse, un mort enfoui dans un fourré. Elle devient un peu plus blanche et elle me demande la suite de l'histoire, comme une petite fille qui réclame toujours le passage du loup, alors que ça la fait frissonner. Je lui raconte les flics et la recherche du nom, l'autopsie qui révélait la mort d'inanition et le choix flagrant du type de rejoindre son Dieu au paradis. Je lui raconte aussi ce dont je me souviens du carnet, de l'écriture au feutre noir et je me rends compte que ça me soulage de lui parler. Quand elle veut que j'aille plus loin dans l'affaire, avec la ville où il repose maintenant et l'adresse où vit encore sa mère, je bloque sur l'inconnu des données. Eva me dit qu'il faudrait que je sache puisque ça a l'air de m'avoir marqué, j'ai peut-être encore quelque chose à faire avec tout ça, je suis celui qui l'a trouvé au hasard de ma route. Je lui rappelle qu'il y avait aussi Nello mais, en faisant le tour des choses, c'est net qu'il n'a rien fait d'autre que m'alerter d'une forme qui ne lui revenait pas dans le feuillage. Je lui avoue que j'ai pensé des fois à la mère et à la tombe de Leandro Martin, dans cette ville du Nord dont le nom ne me reste pas en mémoire, mais je ne me sens pas investi d'une mission quelconque pour continuer de fouiller dans ses traces. Eva respire longuement, elle finit son café sans sucre, puis elle me dit : « Je t'accompagne. » C'est ce moment-là que Lou choisit pour rentrer chez lui. Il est si surpris de nous voir que j'ai l'impression qu'il ne me reconnaît pas. C'est la première fois que je viens avec une femme, alors ça lui fait un choc.

20

Marie Martin, 5 rue des Anémones, Essy. C'est l'adresse que je note sur les images de météo du journal que j'ai ramassé dans le tramway. Le flic explique qu'il n'a pas le droit de faire ça, mais que c'est elle-même, Marie Martin, qui a demandé de mes nouvelles en laissant son adresse et donc il se permet de nous mettre en contact, si le cœur nous en dit pour de bon. Il a l'air de vouloir parler, c'est samedi, il se sent sûrement seul dans le commissariat, on l'écoute un moment en acquiesçant de la tête puis, après le paragraphe sur les risques du métier, on s'excuse, le temps passe et on se remet en route. J'ai le journal sur moi, Eva reste à ma gauche, elle est radieuse comme si on venait d'accomplir un exploit. Je l'invite à boire un verre dans le bar de la rue Grenade et je la vois rougir quand je lui tire la chaise. Elle me tend la main au-dessus de la table et la serre fortement en me disant : « Bravo ! »

Quand le garçon vient prendre la commande, il est surpris de l'entendre commander une vodka, moi qui pensais prendre un jus de fruits je me sens obligé d'opter au moins pour une pression, mais Eva ne me laisse même pas le temps de le faire, elle rajoute tout de suite : « Et une vodka aussi pour mon ami. » Je n'ai pas le goût de protester, je la trouve soudain hypercharmante, en face de moi dans sa vieille robe de souvenirs qui n'existent pas.

Puis j'ai le visage de Lise qui me revient en pleine mémoire, Lise occupait mon corps il y a seulement deux jours, son visage se fond dans l'atmosphère rose, nappes blanches, néons, je réalise qu'elle ne me manque pas. Eva est là par contre, bien vivante avec le sang qui se concentre dans les joues, les cils qui se dessinent en courbes au-dessus de ses yeux étranges. Je n'arrive pas à dire quelle couleur a le dessus, entre le gris, le vert et le brun noisette. C'est une sorte d'entente équitable entre les trois. L'ensemble fait comme une nouvelle teinte au nom inconnu. J'aime ce que je ne connais pas d'office chez les femmes, ce qui se découvre en temps voulu après les efforts de débroussaillage.

L'Eva est encore toute sauvage et inconnue pour moi, une vraie jungle de secrets, qui se faufilent lentement entre ses mots et dans son corps que je n'ai pas pu toucher.

Lou avait l'air heureux pour moi tout à l'heure, comme si je lui annonçais mon mariage. Je n'avais pas le courage de lui couper l'espoir, alors j'ai joué les sourires et l'humeur amoureuse.

Nos vodkas sont servies, on trinque avec les glaçons qui gigotent dans l'alcool transparent et même si je suis bêtement heureux de cette adresse sur mon bout de journal, j'ai un peu peur quand Eva dit : « À notre départ pour Essy ! » Mais je ne peux plus jouer les rebrousse-chemin de dernière minute et je renchéris de plus belle, en frissonnant dans le dos. Dans le bar il y a une musique traînante en sourdine, l'odeur de cuisine commence à me donner faim. Comme je sais qu'ils servent à toute heure, je propose à Eva qu'on profite de la pause pour manger un morceau ici, avant de nous remettre en route, en plus ça m'aidera à tenir la vodka. Eva me dit qu'elle n'a pas très faim, qu'elle goûtera juste ce que je prends, alors je commande une salade.

21

Il fait nuit dans mon appartement quand nous rentrons, Eva et moi, après avoir marché longtemps. Je vais prendre une douche pour être un moment seul. La vie ne me laisse plus beaucoup de temps. C'est bon de fermer la porte sur l'intimité brute. L'eau coule sur ma peau, je la prends bien chaude, je sens mes muscles se détendre, la vapeur envahit l'espace jusqu'au plafond blanc. Je m'assois, nu et propre dans ma baignoire. Je pleure. Je suis bien, pourtant. Léger dans le cœur, la peau qui respire, l'envie de partager le monde avec une seule femme, l'empressement de faire mon sac pour partir loin.

C'est quelque chose de flou qui se débat dans ma tête. Je ne peux pas voir ce que c'est au net. Je respire profondément en laissant mon instinct prendre sa place dans mon corps, comme dans les moments cruciaux de la chasse. Je me sèche avec ma serviette. Je m'assois sur le bord de la baignoire. Je passe mes mains dans mes cheveux humides et soudain la peur monte, qui me dit de sortir vite. Je sors en serviette, je ne vois pas Eva dans le salon, je ne la vois pas à la cuisine, je ne la vois pas dans ma chambre, puis j'entends un murmure. Je m'approche du lit, elle est assise par terre, les mains jointes et les yeux fermés. Comme en prière. Je prends mes habits doucement et vais me changer dans le salon. Je mets de la musique, je m'assois dans mon fauteuil, je sens encore un peu de peur dans le bas de mon ventre, une boule froide, mais la musique me fait du bien, elle s'attaque à la boule qui perdure à l'intérieur, elle la pénètre avec ses notes, elle la rend douce, elle la berce, elle la réchauffe. Quand Eva vient s'asseoir en face, je me sens bien dans ma solitude, je regarde ma rue qui n'a pas changé et ça me rassure. Eva dit qu'elle prie une fois par jour, comme le lui a appris son père. Je ne demande pas quel Dieu et en quelle langue mais ça ne m'impressionne pas vraiment, la prière ce n'est pas mon affaire. Eva éteint la musique, elle me regarde, elle me remercie de pouvoir rester chez moi et elle me demande si je suis sûr de vouloir qu'elle m'accompagne dans l'épopée du Nord. J'ai comme un blanc, un vide, une absence de parole, et finalement l'envie de gueuler, d'être froid et peut-être même qu'elle s'en aille. Je crie d'un coup pour savoir qui elle est, ce qu'elle fait là chez moi. Je lui demande son nom : « Comment tu t'appelles, c'est quoi ton vrai nom ? Tu viens d'où ? Tu parles combien de langues ? Où sont tes parents ? Qu'est-ce que tu faisais dans cette ville avec un revolver ? T'as quel âge ? Qu'est-ce que tu fais chez moi ? »

Eva se met à chanter, elle chante, elle chante, elle chante, jusqu'à ce que je m'arrête de gueuler à ne plus savoir ce que je dis. Je vais vers la fenêtre parce qu'il faut que je voie ma rue, que je voie la nuit et mon reflet dans la vitre froide. Après cinq minutes de silence, elle me dit qu'elle s'appelait Zora, et qu'elle a vingt ans.

Je lui dis : « Alors je ne peux pas t'appeler Eva, si tu t'appelles Zora. » Elle répond qu'elle s'appelait Zora, elle ne s'appelle plus comme ça depuis longtemps, maintenant c'est Eva. Je me retourne, je vais tout près d'elle, debout, les yeux plantés dans ses prunelles, les mains prêtes à la toucher ; elle me dit : « Je croyais que c'était bon entre nous, après cette nuit, après cette journée ensemble, pourquoi tu fais ça, maintenant qu'il n'y a plus d'armes et que la confiance est une conclusion entre nous deux ? » Je lui réponds que je ne sais pas. J'ajoute que je ne la toucherai pas. Elle me demande pourquoi, je lui réponds que je ne sais pas, je n'ai pas envie. Elle me dit : « De toute façon, je suis comme ta sœur. » Je la regarde et je me dis que frère et sœur c'est bien puisqu'on est les deux seuls. Je ne sais pas ce que c'est d'avoir une sœur, mais je comprends l'impression douce à l'intérieur, en même temps que la rage. Je comprends son effraction soudaine dans ma vie et la grande place qu'elle prend. C'est mieux de lui trouver un nom qui fasse sens. Sœur. Ça me va. Ça me calme.

Eva s'assoit. Je m'assois en face d'elle, je nous sers deux verres d'eau sur la petite table. Nous buvons. Puis elle me demande de ne plus faire ça, de ne plus m'énerver, d'être sûr de vouloir qu'elle reste, sinon de lui demander de partir ce soir. Je sais qu'il faut que les choses soient claires, je sens que j'ai encore peur au-dedans, que ce n'est jamais loin de monter fort sans que je sache contrôler, mais je ne peux pas me décider à la faire disparaître. Je veux découvrir ce qui a changé avec sa venue étrange. Je veux qu'elle me donne l'envie de prendre le train, de dormir près d'elle sans vouloir la toucher, de rester moi-même sans me reconnaître vraiment. Je lui dis que je ne peux pas la perdre comme ça. Elle me demande si j'ai peur, je lui réponds que non, alors elle dit : « Moi aussi j'ai peur. »

Dans la rue, une sirène fonce dans la nuit en hurlant, les réverbères éclairent toujours de la même façon, mon fauteuil semble immense, les yeux d'Eva aussi, je bois encore un verre d'eau, je lui dis que c'est peut-être de ne plus avoir ici mes carabines qui me déboussole un peu.

« Alors, comment on dort cette nuit ?

— On peut dormir côte à côte, ça me gêne pas. »

22

Je dis à Eva qu'il faut que je passe une journée seul avant le départ. Elle part se promener. À ce moment-là, Lucie appelle pour savoir si elle peut passer. Je lui dis que ça tombe bien que je l'entende, on ne se verra plus pour un temps, il ne faut plus qu'elle passe et de toute façon je vais partir. Elle n'insiste pas.

Je suis assis, je respire au clair dans mon appartement en écoutant le vide des heures, je bois du thé, je mange du pain frais sans rien dessus et je me répète que je suis bien, en vacances. C'est vrai que, depuis vendredi soir, je me suis plongé dans la rencontre avec Eva, qui a pris des détours inédits ; du coup je ne pensais plus aux vacances, je ne pensais plus comme je pense normalement. Je me retrouve mieux. Je ne renonce pas au voyage en train, je me prépare tranquillement, seul, à ne rien faire.

J'ai bien dormi à côté d'Eva. Je la sens sans la toucher. Je n'ai pas besoin de la désirer, ce n'est pas une femme à désirer, c'est un reflet externe. Une partie de moi. Je ne peux pas l'expliquer autrement. Je n'ai pas envie de partir en forêt, rester là c'est mieux pour retrouver ma base. La forêt c'est quand tout est déjà en place, j'irai chasser à notre retour. J'irai chasser avec les gars, je me sentirai en paix dans le vert ; on sera tendus et forts dans les chemins qui existent pour nous. Je me réjouis de sentir de nouveau le tempérament de la forêt autour, avec les bêtes qui se planquent dans les coins. Pour l'instant je suis sur mon fauteuil, il faut que je puisse dire au revoir à tout ça en prenant le temps, c'est quand même la toute première fois. La première fois que je pars au loin. Il me faut laisser ma rue et mon appartement, laisser mon lit vide plusieurs nuits. Tout ça pour un mort inconnu du Nord. Il y a des choses sans explication plausible. Ça me plaît. C'est comme Eva, ma tête n'accepte pas encore tout à fait son existence.

Moi je suis partant, Eva, le train, le Nord, je demande à voir pour une fois, je demande à laisser faire l'histoire.

Je crois que je vais aller au stand de tir, je vais faire cet effort-là, ce sera ma sortie de la journée. Je me sens prêt à sortir, je mets mon blouson. Je descends les escaliers pas à pas, je savoure le présent. Dehors le froid me saisit au col. Je suis contraint de marcher vite pour me réchauffer, de baisser les yeux pour ne pas pleurer face au vent qui m'attaque. Je me demande si les trottoirs sont les mêmes partout. Et les arbres. Le tilleul du coin de la rue a déjà perdu toutes ses feuilles. Je suis bientôt arrivé, que fait Eva en ce moment ? Je ne sais même pas si elle connaît la ville. Elle a l'air à la fois parfaitement à son aise et étrangère partout. Quelque chose comme une absence dans ses mots et dans sa démarche.

Au stand de tir, c'est la jeune femme habituelle qui est là. Avec les mêmes marques sous les yeux, comme si la vie lui en voulait à ce point. Elle est jeune. Grand-mère Odette, avant de tomber malade, semblait être moins fatiguée qu'elle. Je lui dis : « Bonjour, comment ça va ? » Elle me répond : « Mmm. » Je vais tirer. Ils ont changé les draps derrière les cibles. La jeune femme s'assoit, il y a seulement un autre gars sur le stand, il tire mal, je le salue de la main. Je tire. Je regarde les draps qui se déchirent tout au fond, les draps blancs criblés devant le béton. Puis je me concentre mieux, je condense ma pensée dans mes mains, j'ai les yeux précis sur la cible et je vise le mille avec défi. L'instant d'après, la balle est dedans, fichée dans le but. Je respire à fond. Il y a une odeur de vieux bois et de plastique. De tabac aussi, parce qu'il y a des gars qui fument à l'intérieur, d'ailleurs la jeune femme vient de s'en allumer une. La fumée fait des fils au-dessus de ses bras. Je vais vers une autre cible pour poursuivre les tirs. Aujourd'hui, elle n'a pas mis de musique, c'est bien, son vieux poste grésille, de toute façon, ça sonne mal. J'aime le silence qui se débat entre le son des balles, il est opaque, il fait comme des coussins de plume sous la tête, il ramasse le présent qu'on éclate en morceaux. J'aime tirer, j'ai toujours vu Lou tirer, pour être un bon chasseur c'est d'utilité première. Dès que j'ai pu tenir une carabine, j'ai appris. Ça fait partie de moi, ça me forme, sans ça j'existe avec une sorte d'insuffisance. Là, j'ai un impact.

Je ne sais pas comment quand on a connu cette joie on peut s'en passer ensuite, Lou est comme un enfant perdu depuis qu'Odette n'est plus là et qu'il ne vient plus chasser. De toute façon, c'est vrai que ses yeux commençaient de perdre, mais il pourrait venir marcher un peu, ou venir tirer ici. Je ne sais pas. Peut-être que la vieillesse fait passer l'envie d'un seul coup. Je bois un coup au robinet des toilettes, je m'en vais. La jeune femme me dit au revoir en appuyant sur les mots, comme si elle sentait mon départ. Une sorte d'idée que je ne reviendrai plus me court soudain dans la tête. Son au revoir me fait froid au corps. Je ne suis pas encore parti dans le Nord que je redoute déjà l'éloignement. Il n'y a pourtant rien à craindre. Je reviendrai comme je suis parti, vite, dans ma ville, dans mon appartement, près de ma forêt, près de mes amis. Une escapade dans le Nord, ce n'est pas un déménagement. Je marche vite pour retourner chez moi, mais cette fois ce n'est pas le vent qui me force, c'est l'envie de profiter encore, de m'asseoir dans mon fauteuil et de laisser la peur s'en aller. Après je ferai mon sac.

23

Dans le train qui file pour la ville la plus proche d'Essy, je ne suis pas assis côté fenêtre. Eva passe son temps à regarder dehors, moi je ne peux pas, la vitesse me fait comme une pression dans les yeux. J'essaye de lire un magazine que j'ai ramassé par terre, je ne trouve rien d'intéressant, je mange ma pomme, je bois de l'eau, je vais aux toilettes ; quand je reviens Eva est toujours aussi calme et captivée par le paysage. Je ne sais pas comment elle fait. Je lui demande si elle a pris le train souvent dans sa vie. Elle me dit qu'elle a passé des semaines en train. Je lui demande si c'était loin d'ici quand elle s'appelait Zora. « Une autre vie, elle dit. C'était très loin d'ici. »

Elle commence à me raconter le voyage, le passage de la frontière à pied, sur les collines, la ville qui sent le feu, le train froid avec des odeurs et des corps qui s'entassent. Plusieurs jours, plusieurs frontières, plusieurs langues dans la nuit, plusieurs passeports dans le sac à dos. Elle est seule avec son père. Elle aime le train, malgré tout, c'est le train qui l'arrache à Zora, qui lui fait fouetter le temps et lui permet de regarder le monde se tordre en défilé géographique. Ils descendent dans une grande ville après la quatrième frontière, il y a du soleil sur les quais et, plus loin, un centre pour réfugiés. Ils retrouvent le sommeil dans un vrai lit. C'est mieux, Eva est née, elle a dix ans, elle dort presque trois jours durant en se réveillant à peine quelques heures chaque jour, son père veille sur son sommeil comme sur un temple. Ils restent longtemps dans le centre. Elle apprend le français. Au bout de trois ans ils ont la réponse, ils sont acceptés dans le pays, jusqu'à nouvel ordre.

Eva ne veut pas me dire le nom du pays de Zora, elle dit qu'elle l'a oublié, je pense qu'elle ment. Je la trouve belle quand elle raconte, j'aurais envie qu'elle continue mais elle veut parler de Leandro Martin. Elle veut préparer le plan. Je suis muet sur ce sujet, je ne vois pas ce que je pourrais ajouter. Elle dit que je devrais penser aux phrases du carnet, les laisser revenir dans ma mémoire pour sentir ce que j'attends de Marie Martin. Les phrases sont ankylosées dans ma tête, elles ont du mal à se remettre d'aplomb, en ordre, mais la forme des lettres est là, claire, dans le carnet à l'écriture noire.

Je prends le stylo, glissé par Eva dans le sac avant de partir, j'arrache une page du magazine et je commence à écrire.

« Cher Leandro Martin, qu'est-ce qui t'a pris de venir mourir dans ma forêt ? Elle est belle, sauvage, elle est comme une femme qui veut la vie, pas la mort d'homme, pas le goût de suicide. La mort, là-bas, c'est pour les animaux, la chasse, ou alors c'est les accidents et les erreurs graves, mais ce n'est pas pour une mort comme la tienne. Tu lui donnes ta mort, à ma belle forêt, et elle te berce dans ses ronces jusqu'à ce que je te trouve. Jusqu'à ce que tu me colles avec tes idées, avec tes mots dans le petit carnet, avec ta mère que je plains et ton tracé au feutre. Je ne sais pas ce que je dois faire de toi, Leandro Martin, je veux t'envoyer au diable alors que tout ce que tu voulais c'était le bon Dieu dans le repos éternel. Je ne crois en rien. Je vais te voir, là-bas dans le Nord, parce qu'il y a comme un poids que t'as glissé dans mon cœur. Je vais comprendre en regardant ta tombe, pour t'enterrer une bonne fois pour de bon, faire une croix sur tes mots et me délester de ce poids. Je vais voir ta mère, ça me permettra de mettre un visage vivant sur la famille Martin. Je t'écris pour mettre les choses au net. Après ça, tout sera clos pour toujours dans le néant, je retournerai tranquillement chez moi, sans embrouille. Eva est ma sœur depuis hier, elle va faire en sorte que les choses se passent bien. » Je jette le tout en boule dans la poubelle.

Le train continue, toujours aussi vite, à déchirer les champs craquelés, l'automne, la boue, la brume. Le ciel est chargé comme un bœuf, la pluie ne va sûrement pas tarder ; Eva dort, elle respire tout doucement. J'en profite pour la regarder, pour voir encore le sommeil détendre sa peau de pétale. Je pense au voyage qu'elle m'a raconté et à son allure d'étrangère. Je pense à Zora qu'elle a laissée là-bas, je touche un peu mieux cette flaque de douleur dans ses yeux. Puis je rêve à l'intérieur de moi. Je revois Lou avant la mort d'Odette, il lui baise la main à l'hôpital, la pâleur d'Odette se marie aux draps blancs, comme si le sang ne savait plus comment circuler normalement. Lou lui raconte que j'ai retrouvé du travail, Odette sourit, toute faible, moi je n'ose pas la toucher, elle a l'air trop prête à se casser de partout, personne ne nous dit que le lendemain elle sera morte. Quand je coupe le chevreuil après l'enterrement, je pleure peut-être mais je coupe mieux que jamais. Tous les gestes se font comme une danse, je suis seul, je n'hésite pas une seule fois, je tranche net. Je place parfaitement la lame sur le corps de la bête, les morceaux sont magnifiques.

Le train ralentit dans un centre-ville, Eva se réveille avec ses yeux brumeux, je suis déjà debout, je suis pressé de descendre de cette machine.

24

Nous avons pris le bus jusqu'à Essy, maintenant nous marchons dans la rue principale. Je me sens frileux, d'habitude je supporte le froid et ses épreuves, là je frissonne dans mon gros manteau. Il y a des trottoirs, des arbres écorchés par les grilles d'un parc, il y a aussi quelques personnes qui passent sans nous regarder, et des maisons qui ressemblent à celle des parents de Marc.

J'ai envie de me promener, après les heures assis dans le train à toute allure, j'ai besoin d'utiliser mes jambes. Il faut sentir l'ambiance avant de s'attaquer de plein fouet à l'affaire. Nous avons déposé nos sacs au petit hôtel où j'avais réservé une chambre. Le monsieur de la réception nous a expliqué comment aller jusqu'au cimetière. Essy, ça n'a pas l'air grand, il faut tourner bientôt et suivre la rue Ferdinand jusqu'au bout. Je vois déjà les grilles, un cimetière c'est toujours bien emmuré de partout, avec des grilles noires à l'entrée. J'espère que nous trouverons sa tombe, ce serait déjà ça de fait.

Eva ouvre le portail en grand, elle part à gauche dans

l'allée rongée de mousse, je pars à droite, je ne vais pas rester sur ses pas à longueur de temps. Il y a des fleurs en plastique dans les vases, des dalles grises, noires, parfois blanches en pierre, il y a une petite tombe toute nue avec seulement une inscription sur une plaque en marbre : « À notre sœur ». Je ne vois même pas le nom ni les dates de naissance et de mort de la personne en question. Je me dis que, pour Leandro Martin, ce sera la tombe certainement la plus neuve et fleurie. En même temps, il y a des chrysanthèmes partout, on est seulement le 5 novembre. La Toussaint est passée de peu. Pour un petit cimetière, il est étendu et fourni. Je ne vois plus Eva. Je prends une traverse pour la chercher dans l'autre allée. Je me souviens que petit je voulais toujours accompagner Odette quand elle partait « fleurir », comme elle disait : « Je vais fleurir. » J'aimais bien arranger les fleurs sur la grande tombe, elle me disait : « Ils sont contents, là-haut, que tu t'occupes bien d'eux. » Je ne comprenais pas pourquoi elle disait « là-haut », alors qu'elle m'avait expliqué qu'ils étaient couchés juste là, sous la terre. Je pense que je ne le lui ai jamais demandé ; quand j'ai eu dix ans, j'ai décidé de ne plus y aller. Lou et Odette faisaient les tristes, moi j'en avais assez vu, assez fleuri.

Je vois enfin Eva assise. Je la rejoins. Elle me montre l'inscription qui l'intéresse en me disant : « Regarde, une Eva qui est morte l'année où je suis née. » Je cherche les inscriptions sur la tombe, il y a plusieurs plaques : « À notre mère », « À notre amie », « À ma chère », et des fleurs encore fraîches. Je lui dis : « C'est bien, vingt ans après il y a encore des gens pour penser à Eva », alors Eva se met à rire, elle me répond que c'est elle qui a déplacé les fleurs de la tombe d'à côté. Je trouve ça malhonnête, en même temps ça la concerne et je pense que les morts s'en fichent pour de bon, ce sont les vivants qui ont besoin de fleurir. En attendant, pas trace de Leandro Martin, il faut continuer la recherche. Eva me suit dans le dédale, nous accélérons un peu la tâche, pour être sûrs de le débusquer avant la nuit. Nous sommes aux dernières tombes quand je crois enfin trouver, je m'approche, je lis « Laurent Martin », pas Leandro. Il est certainement de la famille, la date de mort est récente : 1998. Il commence à pleuvoir, je suis fatigué. Leandro Martin n'est pas dans ce cimetière, nous filons vers les grilles, nous allons retrouver notre abri provisoire, notre petite chambre à deux lits avec vue sur la rue principale.

En marchant dans la rue, sous l'eau qui nous mouille comme il faut, je me dis que la vie est souvent gourde. J'ai trouvé Leandro Martin sans le chercher, mort confit dans ma forêt, et maintenant que je le cherche là où il devrait être, pas de Leandro Martin couché bien sagement sous une dalle. « Il s'est peut-être fait incinérer », dit Eva. Moi je pense à sa mère.

Le réceptionniste de l'hôtel nous demande si nous avons trouvé, j'ai envie de dire que oui et non, je réponds oui.

La chambre est petite, je me demande comment je vais dormir là. Je pense à mon lit, à mon salon, à ma rue et à mes voisins que je ne vois jamais. Est-ce qu'ils vont remarquer que je ne suis pas chez moi ?

C'est seulement là, assis sur le bord du lit aux draps

blancs, que je réalise la force des kilomètres parcourus dans le vif de la journée. Nous sommes loin. Où ? Je situe seulement vaguement la carte et les frontières, je ne suis pas un as en géographie, Eva non plus n'est jamais venue si loin dans le Nord. En me couchant sur le lit, je sens que je suis prêt pour agir et être, d'une façon que je ne connaissais pas. Comme si un autre pouvait se ramener, maintenant que l'espace est différent. Comme si mon corps devenait un nouvel habitat. J'ai envie d'inviter Eva au restaurant ; d'aussi loin que je me souvienne, je ne suis jamais allé avec une femme dans un vrai restaurant.

Eva, je lui dis, et je me sens prêt à chasser alentour le premier soupçon de mocheté dans le paysage. Il faut que tout soit beau pour garantir la couleur spéciale dans ses yeux.

Elle me suit. Elle est silencieuse et précieuse comme l'air invisible que je respire sans cesse. Elle marche derrière moi, elle me demande si je sais où je vais, je lui dis, certainement je sais que je vais au hasard de mes sens, eux ils ne m'ont jamais trahi. Sur la droite, après une ruelle étroite, nous débouchons sur une place carrée avec trois restaurants. Le Cheval blanc, La Tulipe et Le Port. Je choisis La Tulipe, je tâte mon portefeuille dans la poche de mon jean, juste par sécurité, il est plein, j'ai envie de manger sans compter.

25

Dans la chambre d'hôtel, Eva est assise sur son lit, moi sur le mien. Nous avons mis le chauffage à fond, la température est agréable pour discuter, les jambes sous le drap et le corps légèrement vêtu. Je ne l'ai jamais vue aussi bavarde. Nous avons bu un peu de vin rouge mais, vu comme elle tient fort la vodka, je ne pense pas que les deux petits verres qu'elle a bus puissent la mettre dans cet état. Il doit y avoir autre chose. Elle parle de tout, de son passé, du présent, du futur, de ma tête qu'elle dit avoir tout de suite repérée l'autre soir, dans le bar, et de notre voyage qui s'annonce sensationnel. Je ne lui dis pas que j'ai sorti la moitié de mes économies, je suis content moi aussi d'être là. Eva parle avec sa manière de mordre dans les mots qu'elle prononce, d'en faire une sorte de musique envoûtante.

La fatigue me tombe dessus mais, à l'écouter, je me sens bien. Soudain elle me dit : « Toi aussi, tu dois porter des morts que t'as pas fini d'enterrer. »

Je lui demande pourquoi elle me dit ça. Elle répond que c'est évident avec l'histoire de Leandro Martin. Puis elle ajoute qu'elle aussi elle espère pouvoir mettre enfin la couche de deuil définitive entre elle et tous ceux qu'elle a vus partir. Je lui dis qu'à part ma grand-mère je n'ai jamais vu personne partir. Évidemment la question vient, elle la prononce après une pause de bon silence. « Tes parents, où ils sont, alors, tes parents ? »

Je me permets de laisser un gros morceau de silence faire le tour de la chambre qui chauffe doucement. Ensuite je lui raconte.

Ce n'est rien d'extraordinaire. Rien qui ne soit mieux enterré que ces deux-là dans leur tombe que j'ai fleurie pendant dix ans. Je les ai connus seulement deux mois. C'est Lou qui a du mal à les enterrer, je lui dis, Lou il n'a jamais accepté. Il porte tellement de tristesse à ce sujet qu'il ne va jamais sur leur tombe. Moi, ils ne m'intéressent pas tant, les morts ne servent plus à rien, je suis leur fils, je suis vivant, j'ai eu Odette et Lou, ce sont eux qui m'ont aimé. À quoi ça sert d'en savoir plus ?

Eva reste muette, elle sort de son lit. Elle va à la fenêtre, elle l'ouvre, elle commence à grimper sur l'appui, je me lève d'un bond. Elle est debout, en train de lâcher ses mains, quand je l'attrape pour la remettre sur le plancher ferme, je lui crie : « T'es folle ! »

Elle me regarde. Je la déteste d'avoir osé me faire peur avec la possibilité de sa mort. Elle dit : « Tu ne me connais que depuis quelques jours, une fois morte, je ne t'intéresserai plus, tu viens de le dire, les morts ne t'intéressent pas. »

Je lui réponds qu'elle est vivante, qu'elle ne peut pas

mourir comme ça. Eva dit qu'il faut que je comprenne. Que je comprenne. Elle dit : « De ta naissance à l'âge de tes deux mois, tu as vécu avec tes parents, ton père et ta mère, tu m'entends, pour un bébé chaque instant est un univers, un univers tu comprends, tu ne peux pas avoir oublié, c'est là ! » Elle me frappe le ventre avec sa paume. Elle frappe doucement, elle répète encore : « C'est là », puis elle frappe plus fort. J'arrête sa main, je lui dis que je n'ai pas cette mémoire. Que maintenant, si elle mourait, bien sûr que je me souviendrais d'elle puisque je suis un adulte, je ne pourrais pas oublier, mais que, bébé, ce n'est pas pareil. Elle dit qu'il doit y avoir un endroit en moi qui se souvient. Je ferme la fenêtre qui claque encore. Je serre sa main dans la mienne, je la trouve complètement folle, j'ai envie de la serrer dans mes bras. J'aimerais réussir à comprendre ce qu'elle me dit, ça me résiste. Je sais qu'un jour j'ai été ce bébé de deux mois qui a perdu ses parents, mais je ne trouve pas l'endroit de la mémoire, comme elle dit, ça reste aveugle, alors je préfère me taire. Elle me dit qu'elle aurait vraiment pu le faire, je sais. Mais il ne vaut mieux pas y penser. Elle me répète qu'on doit s'occuper de nos morts. Je lui dis que nous allons déjà voir ce que nous pouvons faire avec Leandro Martin, puis j'attends qu'elle retourne dans son lit.

Je vais à la salle de bains, je me brosse les dents en me regardant dans le miroir, comme je le fais dans mon appartement. Je me regarde attentivement, je ne me reconnais pas. Mes yeux sont gonflés, mon regard est ailleurs et ma mâchoire semble avoir changé de forme.

Une fois dans mon lit, j'ai du mal à me calmer. Je revois le repas de fête que nous avons dévoré ensemble, la bouche d'Eva, gourmande, mon plat de choux, mon dessert plein de crème, son rire qui sonnait sur la table, sa silhouette en robe sur l'appui de la fenêtre, et ses mots qui s'incrustent, qui viennent battre dans ma tête, « Tu ne peux pas avoir oublié », je ne peux pas, je ne sais pas si je ne peux pas.

26

Le matin s'ouvre en plein dans la chambre. Blanc. Il y a un peu de jaune sur le parquet de bois et les rideaux jouent des reflets sur les couettes qui s'illuminent. Eva dort quand je me lève. Elle est en boule, ses cheveux bruns dépassent en touffe par-dessous le blanc. J'ai bien dormi, avec une paix silencieuse dans la tête. Je ne me souviens pas d'avoir rêvé ni de m'être réveillé dans la nuit. Par la fenêtre je vois la rue étroite, une voiture passe, un homme chasse les feuilles mortes de la chaussée, ça fait des tourbillons orange. Eva soupire dans mon dos, je me retourne, elle est pile dans le rayon qui pénètre la chambre, le visage rose, tout marqué du sommeil encore proche. Elle s'étire, puis avec de la rage dans le geste elle met la couette par terre. Elle me regarde droit dans les yeux, parce que je viens de lui dire « Bonjour » et elle enlève sa petite robe pour la nuit. D'un geste. Elle est nue dans le matin. Je lui dis qu'il faudrait plus de pudeur entre nous, elle ne répond rien. Elle me regarde. Elle me regarde et je m'aperçois, dans le matin de plus en plus jaune, que ses yeux coulent. Je vois les marques brillantes sur ses joues. Les deux sillons de larmes. Je ne sais pas quoi faire, je regarde son corps comme si j'y étais obligé, ses petits seins pointus, en flèches, et ses cuisses rondes, presque dorées dans le soleil. Elle pleure silencieusement, je me demande ce qu'elle va encore dire ou faire, mais comme rien ne se passe c'est moi qui vais vers le lit, qui me baisse, qui ramasse la couette et recouvre son corps comme je peux. Elle veut me tirer près d'elle sous la couette, je lui dis : « Mais qu'est-ce que tu fais ? ! »

Elle dit qu'il n'y a que moi, que moi pour faire ça, parce que la confiance en un homme c'est la première fois que ça lui arrive.

« Pour faire quoi ? je dis. Qu'est-ce que tu veux dire, un frère et une sœur ne font pas ça ? ! » Eva répète qu'il n'y a que moi, qu'elle me le demandera juste une fois, le faire, passer dedans, ouvrir une fois la voie par la confiance, une fois, juste.

« Eva, je dis, Eva. » Je répète son prénom comme ça, inlassable.

Elle se couche sur le lit, en prenant fort ma main. Je ne veux pas la toucher, si je la touche tout s'effondre entre nous, les remparts de protection des sens ; si je participe dans son corps à la fête, je ne retrouverai pas mon Eva, je tomberai tout d'un coup dans la femme. Je ne veux pas de la femme Eva. Je le lui dis, je le lui dis fort dans la tête, je remets sur elle la couette, elle se découvre, je la remets, je lui dis mon refus, elle insiste, elle pleure.

Je la tire de son lit, je la prends par la main, je l'emmène vers la salle de bains et je lui demande de s'habiller. Elle me suit. Elle comprend. Si elle veut que je fasse quelque chose, il faut que je puisse la déshabiller. Il nous faut reprendre par le début. Reprendre l'approche où elle a échoué, reprendre le passé du désir.

Elle ferme la porte de la salle de bains et tout à coup je regrette, j'ai peur de la perdre, Eva. Elle va ouvrir la porte, ce sera une autre, une femme qu'il faudra découvrir par en bas, puis, quand ce sera fait, une femme que je voudrai loin de moi et pas tellement grande dans ma vie avec une place, un quotidien et des attaches. J'aurai perdu ma sœur. Gagné une femme comme il y en a mille, toujours pareil, à corps, à désir qui se perd.

Ensuite je me dis que rien n'est encore sûr. Eva sortira de la salle de bains, nous nous retrouverons tout bêtement, nous ne pourrons rien entreprendre et elle oubliera son idée étrange. Je ne sais même pas si le désir est possible, le fouet du sang dans nos artères. Elle croit qu'elle peut me demander ça comme un service, par affection, ce n'est pas simple à ce point. J'entends l'eau qui coule, elle se lave, je vais m'asseoir sur mon lit. Je vais bientôt savoir. La voir et savoir immédiatement si c'est la femme qui se présente devant moi, en définitive. Je sais bien que si je la prends physiquement en femme, si je la connais dans cette posture, je ne pourrai pas retrouver l'innocence.

Eva sort dans son jean, pull blanc et les cheveux tout mouillés. Elle me regarde, maintenant je suis habitué à sa prunelle qui fonce dans le vif, je peux tenir longtemps sous ce regard, le tout est de savoir qui elle est. Qui est cette femme debout qui me fixe. Cette féminine qui a pu partager mes jours et mes nuits.

Je pense à ma forêt, à ma sauvage là-bas qui existe, qui griffe les hommes, les bêtes, qui se condense d'odeurs et de couleurs sous le grand ciel de novembre. Eva est une forêt sauvage, une qui m'échappe dans ses sentiers, une falaise qui me fout le vrai vertige.

Je lui dis que je ne peux pas.

Elle ne peut pas non plus. Nous sommes éloignés l'un de l'autre par une tension froide dans l'espace.

Nous descendons prendre le petit déjeuner. Le silence entre nous se fait étroit, il ressemble à un couloir sombre où se faufileraient toutes sortes d'ombres.

Je prends deux cafés, Eva boit du thé, vert, noir, de Chine et aux épices, elle boit comme une assoiffée, elle se met à me parler de son père qui était chasseur. Chaque automne il ramenait du cerf, du chevreuil, du sanglier et d'autres bestiaux qu'il préparait pour l'hiver. Eva dit qu'un automne, là-bas, la guerre s'est annoncée d'un coup et son père n'a pas pu chasser. Il devait se battre sur d'autres fronts. C'est là qu'il lui a offert le revolver. Elle avait neuf ans et demi, il lui a appris à s'en servir dans le jardin, avec une cible sur leur poirier. Il l'a entraînée pendant un mois, jusqu'à ce qu'elle se débrouille bien. Eva s'arrête là, elle me dit qu'elle me racontera la suite plus tard. Je lui dis que je n'ai pas tant de choses à raconter. Le tir, j'ai appris dès que j'ai pu, avec Lou penché sur moi et l'image de la forêt en tête. Depuis mes sept ans, je partais avec Lou à la chasse. Odette est venue me voir tirer une fois au stand de tir, elle a eu peur, Lou riait. Quand j'ai eu treize ans, il m'a offert ma première carabine. Je la caressais, je la préparais pour le jour où je pourrais vraiment la sortir.

Eva mange son deuxième croissant ; nos vies en petites miettes sur la table, avec le vent qu'il fait dehors ça ne pèse pas lourd, mais ce sont des souvenirs qu'il nous fait du bien de raconter, pendant ce petit déjeuner.

27

Chez Marie Martin c'est petit, étroit, avec des cartons empilés, plein de bibelots sur les meubles, de statuettes d'animaux en porcelaine, de verres gravés, de médailles, de tableaux sur les murs, de photos dans de petits cadres — je pense que c'est Leandro vivant, souriant, jeune, enfant. Sur le fauteuil où elle me fait asseoir, il y a des piles de journaux qu'elle pousse de la main et qui dégringolent sur le sol. La télévision est allumée. Marie Martin me sourit. Elle s'assoit sur une chaise, elle me demande : « Vous voulez boire quelque chose ? » J'acquiesce pour du jus de fruits.

Je bois un peu puis je repose le verre sur la table. Elle dit qu'elle est heureuse de me rencontrer, que c'est vraiment gentil d'être venu. Puis elle ajoute, en montrant du doigt une porte à ma gauche, que juste là c'était sa chambre. Je lui demande si je peux aller voir, elle est d'accord.

La chambre est petite, comparée au salon, pourtant, c'est comme s'il y avait plus d'espace car elle est presque vide. Il y a seulement un lit, une armoire et une table. Sur la table il y a un verre, la Bible et un poste de radio. Le lit est fait, comme si quelqu'un allait venir dormir ce soir. Sur la table, je reconnais aussi le carnet que j'avais trouvé. Marie Martin entre dans la chambre. Comme elle voit que j'ai ouvert le carnet, elle me dit qu'elle en a trouvé dix autres dans l'armoire, elle ne peut pas les lire. Elle les sort. Je lui répète que je ne le connaissais pas, que je ne sais pas pourquoi je suis là, j'avais seulement lu ce carnet… mais je ne sais pas ce qu'il faut en faire.

Marie Martin s'assied sur le lit qui s'enfonce en grinçant, elle touche la couette du bout des doigts, elle dit : « Il n'avait plus personne, vous êtes le seul qui soit venu, moi je ne pourrai pas garder tout ça. Bientôt je vais vider sa chambre, les carnets, je ne peux pas les garder. Je garde les photos, je garde les souvenirs mais ses carnets, je ne peux pas. » Je ne dis rien, je prends un carnet, j'ouvre. Je retrouve immédiatement sa longue écriture au feutre noir, soignée. Il est écrit : « Je commence ma route, ma lente progression en deçà du mensonge. » Marie Martin me demande que nous retournions dans le salon, elle prend les carnets avec elle et, quand nous sommes de nouveau assis, elle les pose sur la table, à côté de la bouteille de jus de pomme.

Elle me raconte que la « maladie » de Leandro a commencé juste après un voyage dans le pays de son enfance. Il avait peur de tout, il commençait à voir le diable, à parler de persécution. La Bible est devenue son refuge, il passait ses journées entières à lire, à retenir tout par cœur. Il disait qu'il se sauvait ainsi, qu'il retournait vers le salut. Il avait perdu son boulot, quitté son appartement et était revenu habiter chez elle. Lui qui avait une vie sociale pleine et agitée laissa tomber tous ses amis.

Un jour, il commença à dire qu'il était appelé à mourir pour Jésus. Marie Martin n'arrivait plus à lui parler, il ne l'entendait plus. Elle me raconte la première fois qu'il est parti ; il avait disparu depuis dix jours quand l'hôpital l'appela pour l'informer qu'il était là. Trop souffrant pour se débattre et se mettre en colère, déshydraté jusqu'au squelette, avec quatre doigts en moins à cause du froid. Il disait que cette fois-ci il n'avait pas réussi, le Seigneur avait dû sentir qu'il n'était pas encore tout à fait prêt, mais la prochaine fois il y arriverait. Marie Martin avait tout essayé, mais les psychiatres de l'hôpital proposaient seulement des neuroleptiques et Leandro répétait qu'il n'était pas fou, lui il savait, elle devait avoir confiance pour son bonheur. Ça a duré encore cinq ans. Cinq ans à lire la Bible. Au début, un ami insistait pour venir encore le voir, il ne comprenait pas, il disait à Leandro : « Si tu voulais vraiment mourir, tu serais déjà mort », mais Leandro lui répondait que ce n'était pas si simple. Qu'il ne pouvait mourir que d'une certaine façon. Il fallait, en quelque sorte, qu'il le mérite.

Leandro regardait la télévision, il commentait l'actualité et lisait les journaux que sa mère lui achetait. Il voyait des ennemis dans les nouvelles du monde, des complots à chaque page, mais il n'avait pas cessé d'être intelligent, disait Marie Martin, simplement tout était tourné dans sa logique propre. Seul son plan était important, la réussite de son plan.

Il est reparti une fois, et revenu au bout de trois jours,

apparemment le coin choisi n'était pas le bon. Ensuite, il a passé son temps à étudier des cartes et des livres de géographie. Il empruntait tout ce qu'il pouvait à la bibliothèque et Marie Martin savait bien que c'était pour définir son lieu. Puis, après une longue préparation physique où il ne mangeait presque plus, il est parti et il n'est plus revenu. Marie attendait un coup de fil qui mette fin à l'attente. Un jour, la police l'a appelée pour lui dire que je l'avais trouvé, elle a pris le train, elle s'est préparée à affronter son visage de fils mort. Elle dit : « Ça faisait des années que j'essayais de m'y préparer, mais on ne peut pas s'y préparer. »

Elle dit encore : « Vous savez, j'avais pourtant fini par accepter, c'était son choix, il faisait tout pour réussir. » Je lui demande où il est enterré. Elle m'explique qu'il ne voulait pas être enterré, qu'il voulait que sa mort coûte le moins possible, elle a seulement une petite urne, là, sur l'étagère.

Je regarde l'urne. Je regarde les photos. Je lui demande quel métier il faisait avant, elle me répond qu'il était professeur d'auto-école. « Il savait très bien enseigner. »

Je finis mon jus de pomme. Marie Martin sourit en regardant par la fenêtre le ciel se tasser par-dessus les immeubles. Elle me dit : « Voilà, je ne sais pas pourquoi c'est tombé sur vous, mais c'est bien, vous êtes très gentil, si vous voulez je vous donne les carnets, oui, prenez-les, s'il vous plaît, faites-en ce que vous voulez. »

Je prends la pile de carnets. J'enjambe les tas de vêtements et de journaux, je me fais un chemin au milieu des cartons. L'appartement est bondé de cartons, comme si elle venait d'emménager ou qu'elle était sur le point de partir. Quand je suis à la porte elle me dit : « Ça fait plus de vingt ans que je suis là, je ne bougerai pas, vous vous rappellerez où me trouver. »

Une fois dehors, je marche un moment dans le quartier. Il y a tout un tas de ces petits immeubles, des barres de trois étages, blanc cassé avec quelques balcons en haut. En marchant, j'arrive sur une petite route qui va droit dans les arbres, ça doit être un parc. Quand j'arrive à l'orée du bois, je vois une aire de jeux pour les enfants, c'est vide, je vais m'asseoir sur le banc en face des balançoires. Je les regarde bouger dans le vent, avec les feuilles de peupliers qui montent parfois d'un seul coup de souffle, avant d'échouer sur le sol. Dans les poches de mon manteau, il y a les onze carnets. Je suis bredouille, je n'ai même pas une tombe où cracher, parler, prier ou verser du vin pour l'honneur. Je suis bredouille, comme après une partie où on n'a même pas levé une perdrix.

28

Zora est un beau prénom. Eva aussi, c'est vrai, c'est un peu comme des jumelles. Zora et Eva. J'ai l'impression qu'elles sont là toutes les deux devant moi, dans une seule et même femme. Eva Zora.

Je lui demande si son père s'est vraiment mis à l'appeler Eva. Elle me répond que non. Je comprends que, quand on nomme sa propre fille, on ne la nomme qu'une fois. Eva s'est dénommée toute seule en quittant son pays, son père ne lui a rien dit de mal à ce sujet, mais il ne pouvait pas la dénommer du jour au lendemain, pour un simple passage de frontières.

Lui, il a continué à l'appeler Zora, à s'appeler Luka et à parler sa langue. Elle me dit qu'elle l'appelait Papa Luka. Elle me raconte que, lorsqu'il était malade, tout blanc dans son cancer de l'estomac, rongé à l'intérieur avec le corps déjà squelette, elle me raconte qu'elle lui massait les pieds en chantant une chanson du pays. À la fin, il répétait seulement le prénom de sa mère. Il disait : « Sabina, Sabina. » Il pleurait doucement, tout doucement et son visage était tranquille. Eva me dit que le matin où il est mort, il y avait du brouillard. L'infirmière est entrée avec le petit déjeuner, Eva se réveillait à peine de sa nuit assise sur une chaise, elle a tout de suite vu que c'était fini. L'infirmière, par contre, a posé son plateau sur la table, elle a ouvert la fenêtre en disant qu'il fallait faire entrer un peu d'air frais et ne s'est aperçue qu'elle parlait à un mort que lorsque Eva lui a dit : « Je crois que le petit déjeuner de ce matin sera inutile. »

Eva me raconte tout ça en continuant de croquer dans sa pomme. Moi je n'ai pas faim, je ne sais pas ce que je fais à Essy. J'ai raconté à Eva ma visite du matin, avec les carnets mais pas de tombe à visiter. Leandro est un type bizarre qui a flanché, après un voyage dans le pays de son enfance. Eva dit que nous allons lire les carnets pour nous faire une idée. Elle, elle s'est promenée dans le parc où elle vient de me retrouver, assis sur le banc. Elle dit qu'elle a prié et que, plus loin, elle était dans un coin magnifique où elle a vu un arbre de son enfance. « On dirait vraiment le même que celui qui était juste devant notre maison. » Comme j'ai envie de marcher un peu, je lui demande qu'elle me le fasse visiter. Nous suivons un petit sentier bordé d'orties, les arbres se frôlent dans l'air et lâchent leurs feuilles jaunes, brunes, rouges qui tombent autour de nous. Au bout d'un moment, nous arrivons dans un petit creux, avant une colline, et c'est là qu'elle me montre l'arbre. Il est vieux et tordu. Eva est en admiration devant lui, elle retrouve celui où elle grimpait enfant. Je lui déconseille de monter sur celui-là, avec ses branches qui ont l'air à moitié pourries. Elle dit : « De toute façon, je n'allais pas le faire, je ne m'appelle plus Zora. » Je lui demande pourquoi elle a tellement besoin de répéter qu'elle ne s'appelle plus Zora. Moi, Zora, je la vois encore là, devant moi, même sous Eva, même sous le temps qui a passé et les kilomètres immenses. Zora, Zora, elle n'a que ce prénom à la bouche.

Eva ne dit rien. Elle s'assoit par terre, au pied de l'arbre. Elle touche d'une main le tronc de l'arbre épais et tout humide. Elle commence à parler. Elle me dit qu'elle va tout me raconter. Le début de l'histoire, la suite de l'histoire, Zora, sa mère, comme ça elle pourra peut-être mettre une fin à tout ça, à tous ces rêves qui la poursuivent dans le silence.

Elle me dit que j'ai raison, qu'elle n'arrive pas à se délivrer. Elle me demande de bien l'écouter, de ne rien dire, de juste l'écouter.

Elle ne lâche pas l'arbre, elle commence par le début, elle décrit tout dans les détails, comme ça lui vient. La naissance que sa mère lui a contée… il fait si froid, dans le février de là-bas, que son père fait du feu toute la nuit pendant que sa mère se tourne dans le lit, marche, chante au début, puis grogne et se plonge le corps dans une cuvette d'eau chaude. Le bébé naît avec l'aurore qui point à l'est, c'est pour ça que les parents l'appellent Zora. Ils l'emballent dans trois couvertures. Elle et sa mère dorment pendant presque tout le jour. Puis, dans la nuit noire et la maison éclairée par le foyer, Zora tète sa mère, son père dort, Zora dort. Au bout de trois ans, bien sûr elle parle, marche et commence à graver dans sa tête ses premiers vrais souvenirs. Les tartines de pain noir. Les bains dans la cuvette. L'arbre. La robe verte de maman. La mère de Zora meurt quand elle a six ans. Zora donne des graines aux mésanges dans le jardin, elle entre dans la cuisine, elle trouve sa mère étendue sur le sol, son père arrive trois minutes plus tard et Zora lui demande : « Qu'est-ce qu'elle a, Maman ? »

Zora se met à chanter, souvent, la chanson de langue inconnue que sa mère lui chantait ; elle ne l'oublie pas.

Trois ans plus tard, c'est l'automne où la guerre commence dans les villes et les campagnes. C'est le mois de septembre où Luka offre à sa fille un revolver pour lui apprendre à tirer juste. Le soir, des fois, il y a des hommes dans la maison, qui parlent très tard avec le père. En octobre, après lui avoir fait promettre de tirer sur tous les inconnus qui s'approcheraient de la maison, Luka lui dit au revoir : « Je serai de retour bientôt. »

Il y a de tout dans la maison, du bois en quantité, de l'eau au robinet, des réserves de légumes, des patates, du blé et pas de viande, à part quelques poules dans le jardin. Zora se dit qu'elle ne verra sûrement personne jusqu'à son retour. Le village est tellement loin, et la guerre a ramené tout le monde en ville. Zora se concentre sur ce qu'elle fait, à chaque heure du jour. Il faut que tout soit soigné, que son père soit fier d'elle quand il rentrera. Quand elle n'a pas à cuisiner, manger, laver ou balayer, elle s'assoit pour coudre. Un matin, elle voit un homme traverser le jardin, il regarde par terre, il ramasse une poire, Zora prend son revolver, elle se remémore les recommandations du père, l'homme s'approche de la maison, elle ne le connaît pas, Zora ouvre la fenêtre et vise la poitrine.

Le plus dur, après, c'est de le tirer jusqu'à l'endroit où son père a creusé une fosse, au cas où. Puis elle se lave les mains à l'eau chaude, elle regarde son revolver posé sur la table de bois. Elle ramasse les dernières poires, ratisse les feuilles et gratte la terre sous le poirier. Elle dit qu'elle ne mange rien, ce soir-là. Zora. Elle a du mal à s'endormir. Elle se demande combien il y a de balles dans son revolver. Le matin finit par arriver. Elle compte les jours, ça en fait déjà dix quand un autre homme arrive, le soir. Quand elle entend les pas, elle espère son père, mais ce n'est pas lui ; le revolver à la main, elle va à la fenêtre et elle tire comme pour le premier. Il y en a encore un autre le lendemain, puis le seizième jour son père arrive. Il est gris, noir, rouge, écorché et heureux de la retrouver tout entière. Ce soir-là, il lui fait goûter du vin parce que, bientôt, elle aura dix ans. Zora trouve ça horrible, elle demande à son père ce qu'ils vont faire des hommes dans le trou, il lui répond qu'il s'en occupera demain et qu'il est très fier d'elle. Zora grandit, ça lui fait mal au dos. En l'espace de deux mois, elle prend cinq centimètres. Son père ressort de vieilles robes de sa mère et elle coud. Elle coupe, elle coud. Elle se trouve laide dans le miroir, elle casse le seul miroir de la maison, elle dit à son père que c'est un accident, mais Luka devient blanc et, le soir-même, il lui dit que le moment est venu pour eux de partir, que bientôt il n'y aura plus rien dans le pays. Il rassemble les affaires essentielles. Zora aimerait mieux tout laisser. Luka lui dit de se préparer quand même un petit sac avec des habits et une gourde. Zora prend la poupée que sa mère lui avait confectionnée pour ses quatre ans et le matin, avant de partir, elle l'enterre dans le jardin, sous l'arbre, avec son prénom à elle. Elle décide qu'elle ne veut plus être Zora. L'aurore, c'est fini pour cette vie.

C'est dans le train qu'ils prennent, après trois jours de marche dans les bois, qu'elle dit pour la première fois à une femme qui lui demande son prénom : « Eva. » Son père ne dit rien.

Dans le compartiment, ils sont serrés l'un contre l'autre, elle dit à Luka : « Tu sais, quand j'étais seule à la maison, j'avais peur que tu ne reviennes pas. » Il lui dit que jamais il ne l'aurait laissée. Elle répond : « Peut-être, mais si tu étais allé près d'une maison avec une fille qui devait tirer sur tous les hommes ? » Il lui répond : « Il fallait que tu tires, Zora. Mais moi, de toute façon, je n'étais pas près des maisons. » Après, ils n'en parlent plus. Ils regardent les villes par la fenêtre, les arbres qui s'alignent et les petites maisons sur les terres. Ils écoutent les langues différentes se mélanger sur les quais où Luka descend fumer des cigarettes, et Zora se présente à tout le monde comme Eva. Vivre. Eva. Vivre.

La ville où ils descendent reste la ville du début, l'inversion des jours et des nuits, les dortoirs et l'attente. Luka est morose mais Eva se sent mieux, elle ne porte plus les robes de Sabina, elle porte les vêtements qu'on lui donne au centre et, pendant longtemps encore, elle évite les miroirs.

Eva s'arrête de parler. Je ne dis rien. Je regarde son visage. Le silence vient autour, il nous donne du repos mérité. Alors je lui dis calmement sous les feuilles qui tombent : « Viens Eva, on s'en va. »

29

Les neuf premiers carnets sont remplis uniquement par des extraits de la Bible. J'aime bien son écriture et c'est vrai qu'il y a de belles phrases dans la Bible. Des mots qui me font de l'effet de vertige, mais ça ne m'apprend rien de plus sur lui. Le dixième, c'est celui que j'ai trouvé dans la pochette, je n'ai pas envie de le relire. Le onzième est différent. Il est légèrement plus grand que les autres et il est tout corné. La première page porte le titre « Retour ». Ensuite commence un journal qu'il a dû tenir là-bas. Le fameux voyage. Je propose à Eva de le lire ensemble, à haute voix.

Elle commence. C'est un dédale de retrouvailles. Retrouvailles avec la ville de son enfance, les rues qu'il reconnaît, les couleurs, les maisons, les odeurs. Puis, au fil des jours, ce sont des souvenirs qui remontent vers lui et qu'il consigne, des souvenirs qu'il semble étonné de retrouver. L'école, sa mère dans les champs, le repas du soir. Quelques pages du carnet ont été arrachées. Ensuite, Leandro ne parle plus que de son père, qu'il n'a apparemment plus revu depuis son départ du pays. « Mon père. Il était grand, ses cheveux étaient toujours rasés de près, il n'avait jamais de barbe. Je me souviens de sa manière de se raser au-dessus de la cuvette, le matin ; ma mère lui apportait de l'eau chaude. Il partait toujours en même temps que moi quand j'allais à l'école. Nous marchions ensemble jusqu'au croisement, près de la petite chapelle, là je tournais en direction de l'école et il continuait tout droit. Il me disait : "Sois sage avec le bon Dieu", ça voulait dire pour moi : "Fais de ton mieux." Je le regardais partir tranquillement sur la route. Le soir, il n'était pas là, il devait rentrer tard. Les seules fois où je l'ai vu la nuit, c'était quand je me relevais pour aller faire pipi. Il était assis près de la table, je le reconnaissais à peine, son visage était comme dilaté et ses yeux injectés de rouge. Je n'osais pas lui parler, je filais aux toilettes, puis je remontais dans la chambre. » Leandro écrit qu'il note tout cela pour ne pas oublier, il a l'impression de retrouver la mémoire et il ne sait pas si ça va durer.

Ensuite il note la rencontre avec une fille, Fabia, sans donner de précisions. Il y a seulement de brèves annotations, avec les jours et les lieux de rendez-vous avec cette fille.

Je propose à Eva de lire moi-même la suite. Elle va boire un verre d'eau puis nous continuons. Nous en sommes au passage sur lequel j'étais tombé chez Marie Martin. « Je commence ma route, ma lente progression en deçà du mensonge. Jusque-là, j'ai toujours menti sans le savoir, contraint par une force inconnue. Il fallait que je revienne ici pour m'en rendre compte, que je trempe dans mon passé resurgi des murs décrépis, des fleurs de bougainvilliers et des odeurs de poisson. Il fallait que le visage de mon père revienne rôder dans ma tête et que Fabia me montre le vrai visage de nos pères d'ici. Celui de la sorcellerie tramée dans les cases noires. Je recolle les morceaux de ma mémoire, les bouteilles de rhum, les odeurs de bougies allumées et les taches de sang séché. Je comprends seulement aujourd'hui les poules disparues, les yeux de mon père et, aujourd'hui aussi, le départ de ma mère. Fabia veut partir avec moi avant qu'il ne soit trop tard, elle sent les jeux qui se font en douce sur son âme. Elle pense qu'en quittant sa terre, cette terre aussi la quittera avec ses histoires noires de sorts et de mauvais marabouts. Trop de gens s'y adonnent ici, c'est une rage qui les ronge à l'intérieur. Mon père a dû en mourir comme un chien, à avoir cent fois vendu son âme au diable. Je suis en train d'essayer de la faire venir avec moi, ce n'est pas encore gagné avec les demandes de visas. Fabia me sauve, je ne peux pas la laisser. C'est dans son visage que je me découvre enfin, je ne croyais plus en rien, je me foutais bien de la vie. J'ai fait semblant, pendant toutes ces années dans mon nouveau pays, j'ai fait semblant d'oublier et d'être bien sans m'en rendre compte. Maintenant tout est différent. » Leandro poursuit sa quête. Apparemment, les démarches pour faire sortir Fabia du pays n'aboutissent pas. Leandro écrit qu'il doit partir sans elle, mais qu'il compte essayer de la faire venir ou qu'il reviendra lui-même la chercher. Puis il y a quelques bribes de phrases indéchiffrables. Ensuite il écrit :

« Je suis dans l'avion, elle est au sol mais nous sommes liés au-delà des frontières ; dans mon sac elle a glissé sa Bible, je lis les passages où elle a mis de petits marque-pages, je revois ses yeux me regarder partir. » Le carnet ne s'arrête pas là, il y a plusieurs pages avec des lettres de Fabia collées et aussi des passages de la Bible. Ensuite Leandro écrit : « C'est dur, je dois me battre avec le démon mais je vaincrai. Il faut que j'arrive à faire venir Fabia. Il faut prier plus. Je suis converti à la lutte contre l'Adversaire. »

Avec Eva, nous sommes fatigués. Je lui propose qu'on aille boire un verre en prenant le carnet avec nous, il est bientôt fini de toute façon. Nous descendons les escaliers de l'hôtel en courant, ça fait du bien de sentir le présent qui fonctionne autour, la répercussion des sons dans le silence et nos corps qui se chauffent dans la course. Dehors, l'air gèle sous les réverbères. Je dis à Eva qu'une fois que nous aurons fini avec le carnet et l'histoire de Leandro, il faudra sortir du passé pour se remettre à la vie présente. Entre son enfance à elle et les mots de Leandro, en ce moment c'est la vie passée qui nous tient. Eva me répond que les frontières du temps n'existent pas. Elle ajoute qu'en même temps elle est sûre qu'une fois que les histoires sont dites et partagées, le présent peut se décharger et devenir plus beau, plus simple. « Mais il reste la tienne, d'histoire », elle ajoute. Je lui dis que j'ai envie d'aller boire une bière, pas de lui raconter ma vie, dans laquelle il n'y a rien à dire que de l'ordinaire. Eva me prend la main, nous nous mettons à courir, il n'y a personne dehors, pas un bruit, pas une ombre.

30

Je comprends le choc. Il a collé l'enveloppe blanche avec l'adresse de Fabia, écrite par lui à l'encre noire. Il l'a collée dans son carnet parce qu'elle lui est revenue avec le tampon *Décédée*.

Après ça, il y a le Notre Père écrit sur le restant des pages, c'est tout. Eva et moi, nous avons trinqué, nous avons ri et grignoté des cacahuètes, puis j'ai voulu ouvrir le carnet pour en finir. C'est réussi. Je dis à Eva : « Je crois que je jetterai tous ses carnets. Il faut le laisser partir tranquille. »

Dans le bar, il y a peu de monde. Nous commandons un deuxième verre. Je connais un peu mieux Leandro. Je pense à ma forêt qui l'a vu mourir et aux petites cendres dans l'urne, sur l'étagère. Ma forêt. Je m'aperçois que pour l'instant elle ne me manque pas. J'ai envie de faire autre chose que de rester à Essy pendant mes vacances, mais je ne me sens pas pressé de rentrer. Eva dit que nous pourrions nous balader au hasard, puisqu'elle n'est attendue nulle part. Je lui propose de commencer par fêter notre retour au présent en mangeant ici et en nous prenant une bonne bouteille de rouge. Leandro a parlé, Zora a été écoutée, les vacances peuvent prendre un nouveau tournant.

Eva est partante, ses yeux se plissent, elle rit en me lisant la carte. Nous prenons ce qu'il y a, le bar ne propose pas de la grande gastronomie mais cela n'empêche pas la chaleur d'enfler dans nos corps. Je vois bien comme elle devient rouge et brillante, elle participe au repas avec les gestes d'une danseuse. Je regarde ses mains, comme sous hypnose. Je me régale aussi du plat chaud et simple qui remplit mon assiette. Je nous ressers du vin et à chaque fois nous trinquons, au vent d'hiver, à notre chambre d'hôtel, à nos vacances, à notre présent. J'ai envie que ça ne s'arrête jamais. Je me surprends à me dire que la compagnie d'Eva me fait découvrir le chiffre deux. L'alter égale. Ça m'effraie mais je ne veux pas lutter contre, il y a une griserie qui monte. Les chasses ont toujours été les meilleurs moments dans ma vie. La concentration, l'efficacité de mon corps et de mon esprit réunis. En face d'Eva aussi je réunis tout. En plus, je me découvre un autre impact, différent de celui de la chasse.

Là-bas, c'est la bête et les sensations qui font le prix du jeu. Ici c'est autre chose. Il y a les mots, il y a les échanges dans le regard, le corps prend du plaisir à être simplement vivant. Il y a le reflet de mon existence, son visage se teinte en fonction de ce que je dis et, pour une fois, je trouve ça précieux. J'ai envie de voir jusqu'où ça se cherche, jusqu'où ça se trouve. J'ai envie de voir la femme sans sexe, avec du cœur qui déborde à profusion dans nos rires. J'ai envie de dire « ma sœur » et de sentir que c'est elle qui rentre à l'intérieur de moi. J'ai envie de connaître ce qu'elle aime, j'ai envie d'exister dans l'air qu'elle respire ici-bas.

Nous prenons un dessert pour deux en finissant la bouteille de rouge. Nous payons l'addition et nous repartons dans le froid, en direction de l'hôtel.

La soirée était vraiment bonne, même la mauvaise nouvelle s'est transformée en auréole au-dessus de la tête de Leandro Martin et j'ai décidé de laisser trôner son mystère.

Demain, nous irons enterrer ses carnets et nous le laisserons en paix. Nous n'avons même plus besoin de chercher qui était ce Laurent Martin du cimetière, il n'a rien à voir avec cette histoire. Je laisserai Marie Martin avec son deuil et ses cartons, je garderai son sourire en poche et je prendrai Eva avec moi. Nous irons ailleurs, vers des vacances nouvelles que nul n'avait prévues. Je pense même écrire une carte postale à Lou, qui ne reçoit jamais rien.

Nous sommes arrivés. Eva me précède dans les escaliers de l'hôtel, je vois seulement son grand manteau qui bouge et ses mains qui se balancent dans l'air. C'est vrai qu'elle est belle. Elle est exceptionnelle.

Avec elle, je peux vivre dans un seul espace sans me sentir à l'étroit, je peux apprécier ce qu'elle me donne de présence et lui dire aussi la solitude dont j'ai besoin sans qu'elle s'écroule, parce qu'elle est forte. Forte en elle-même. Je ne me sens pas dans la dépendance ni dans les minauderies des femmes qui se prétendent amoureuses. Eva sera ma femme sœur qui me comprend, me révèle, sans chercher à m'enfermer. Entre nous, il n'y aura que le meilleur.

31

Eva compose sa collection de feuilles dans l'allée. Elle en a déjà tout un bouquet en panache de couleurs. Avant de quitter Essy, elle veut dire au revoir à Eva qui est enterrée dans le cimetière. Nous avançons tranquillement sur le trottoir, les carnets sont dans mon sac, finalement j'ai décidé de les enterrer dans la forêt où Leandro est mort.

Dans le cimetière, nous allons tout de suite sur la tombe d'Eva qui est morte quand Zora naissait loin d'ici. Eva pose les feuilles, bien arrangées en cercle, sur la dalle. J'espère qu'après tout ça nous en aurons fini avec les histoires de tombes et d'enterrements. Eva chante la chanson de sa mère ; nous repartons, le ciel au-dessus de nous est tout bleu, éclatant comme une perle, je savoure sa teinte qui nous ensoleille. Il ne faut pas traîner pour attraper le seul bus de la matinée. Heureusement, il passe juste à deux pas dans la rue principale ; quand nous le voyons arriver, nous avons encore le temps de courir sur quelques mètres et de monter. Nous allons vers la grande ville, celle où le train nous a déposés. Nous sommes presque seuls dans le grand bus. Nous regardons le paysage qui défile. Des champs boueux, quelques minces forêts de chênes, des lignes de taillis, des collines. C'est rude et cagneux. J'aime bien, c'est différent de ce que je vois d'habitude. Eva me demande si j'ai déjà visité une ville inconnue, je lui réponds que non. Elle est contente que ce soit ma première fois. Elle, apparemment, elle a fait ça souvent, elle dit que chaque fois c'est différent. Je lui dis qu'elle sera mon guide puisqu'elle a l'habitude. La dernière ville inconnue qu'elle a visitée, c'est ma ville, celle où le bar nous a réunis. Eva était arrivée la veille, elle ne connaissait rien ni personne, elle avait vagabondé toute la nuit.

Depuis la mort de son père, elle faisait des ménages. Deux jours avant de me rencontrer, elle avait décidé d'arrêter et de partir. Elle avait décidé ça, sans savoir comment elle allait vivre et manger. Elle avait quitté sa chambre, pris ses économies et pris le train. Puis elle a navigué à vue et, quand elle est montée chez moi, elle avait seulement besoin de dormir.

Je lui demande si c'est pour ça qu'elle avait sorti le revolver. Elle me répond que, ce soir-là, elle ne savait pas faire autrement. Maintenant elle est mieux sans. Depuis la mort de son père, elle gardait le revolver sur elle comme une protection. Il lui faisait peur aussi, mais elle n'arrivait pas à s'en séparer.

Elle se met à me raconter. Au centre où elle était avec son père, il y avait une fille du même pays qu'elle, elle avait quinze ans et elle était enceinte. Eva, un jour, avait entendu Luka dire : « Celle-là, elle n'a pas pu se défendre. » Alors

Eva avait compris le sens du revolver. Avec la fille, elles s'étaient raconté les visites des hommes qu'elles avaient eues. L'une avait fait pousser la vie, l'autre la mort. La fille de quinze ans écrasait son ventre sous ses grands yeux noirs, Eva avait peur de ses propres mains.

Elle me dit : « Avec toi, je n'ai plus peur de mes mains. » Elle ajoute : « Mais j'ai peur du vide. Du vide qui viendrait si tu me laissais parce que tu en aurais marre de moi. » Je lui dis que je suis bien avec elle. Elle dit : « Tu ne sais pas, et puis moi aussi je pourrais te quitter. Ça pourrait me passer par la tête, pour me faire peur, justement. »

Elle me demande si je serais triste qu'elle parte, je lui réponds que ça ressemblerait à de la tristesse, mais je rentrerais chez moi pour essayer de l'oublier. Elle me dit que je suis fort pour oublier.

Le bus arrive. Nous débarquons dans la petite ville.

Nous posons nos sacs en consigne à la gare, ensuite, nous attaquons la marche. La ville inconnue nous attend pour la journée. Je veux sentir Eva près de moi et suivre la ville dans ses dédales. Je veux la parcourir, la regarder, cette ville. Je veux la rêver, la traquer dans ses petits détails et avoir l'impression, à la fin de la journée, que je la possède et qu'elle m'échappe.

32

Le train est vide. C'est étrange de monter dans un train vide, la nuit autour transforme les vitres en miroirs. Nous nous installons dans un compartiment couchette, nous avons réservé, demain nous serons à l'autre bout du pays. Le train se met en route. Je n'ai pas envie de me coucher tout de suite, je regarde dehors ce que j'attrape de lumière, de formes obscures et de mouvements à travers mon reflet. Je me suis rasé ce matin, avant de partir d'Essy, ma peau est lisse, un peu sèche et brutalisée par le froid, mais en posant ma main sur mon menton je sens la chaleur qui vient. Eva se balade dans le wagon. Je ne sais pas comment elle fait pour marcher encore, après la journée que nous avons passée sur nos jambes. Cette ville était un vrai bazar de routes et de passages croisés. C'était bien de s'y perdre mais je suis content de la quitter, je ne me sentais pas de recommencer demain. Demain, nous serons près des montagnes, nous aurons dépassé ma ville et rejoint les barres blanches de neige. Si tout va bien, nous nous réveillerons au pied du glacier.

Eva revient et me propose de partager notre restant de pique-nique. Je suis partant. C'est bon. Ça réchauffe le corps et ça pose la fatigue à plat. Même la regarder manger me fait du bien. La regarder boire. Le pain est délicieux dans la bouche, le fromage aussi et la pomme que je croque est le meilleur des desserts. Une fois qu'il n'y a plus que des miettes sous le néon du compartiment, Eva et moi nous nous regardons. Comme si c'était la première fois. Je décrypte son visage devenu familier, j'essaie de la regarder à neuf. Ses yeux aux couleurs floues sont perçants, ils pénètrent à l'intérieur de ma chair, ils sont doux et durs en même temps, comme ceux d'une biche surprise. Sa bouche est fine, rose foncé, mordante, elle est encore humide de l'eau qu'elle a bue au goulot de la bouteille. Ses joues sont larges et hautes avec des taches brunes qui ressemblent à du soleil qu'elle aurait pris en dedans. Ses cheveux sont brun ténébreux, toujours à s'échapper de sa tresse ou de son chignon. Ses mains sont grandes, douces, ondulantes. Elle les tend vers moi, elle touche ma joue, mon menton, mon cou. Elle dit : « Tu es comme une sculpture, c'est dangereux, tout ton corps est une sculpture, j'aimerais poser mes mains sur ses contours. » Je lui dis que je la perds si elle me touche. Eva enlève sa main. Je me sens brûlé sous l'épiderme. Elle dit : « Tu n'as pas envie de me toucher ? » Je vais vers ses lèvres. Vers ses lèvres entrouvertes, ses lèvres tièdes que ma bouche rencontre, que ma bouche suce pour en avoir le goût sur les papilles. Sentir le parfum de son visage. Je la perds. Eva. Bien sûr, je suis aussi un homme. Un frère peut-être, mais aussi un homme qui a son instinct engagé sous la peau. Eva me dit : « Je ne veux plus avoir peur, je veux savoir. »

Je ne sais pas ce qu'elle veut savoir, mais je sais que je vais la perdre.

Je vais trancher pour posséder son corps, pour aller de l'avant dans la perte. Il y a la nuit qui nous serre aux fenêtres et j'éteins la lumière pour avoir le noir. Je veux tâtonner, je veux chercher, sentir sans la voir. Peut-être préserver l'illusion dans l'obscur. Ne pas la briser trop vite. Est-ce une autre femme que j'ai en face ? Est-ce un double enfermé dans la chair, qui se meut sous l'emprise des sens ? Sous couvert de nocturne, on peut faire sortir le désir comme un incendie. J'ai peur, soudain. Je rallume la lumière, je regarde Eva. Ses yeux s'ouvrent et sa pupille se rétracte sous l'agression du néon. Elle me dit : « C'est pas grave, prends-moi d'abord dans tes bras. » Je ne peux pas. Je suis figé comme d'effroi.

Alors c'est Eva qui se faufile, qui passe ses mains sous mon tee-shirt, qui frôle mes lèvres du bout des doigts, qui ferme mes yeux pour opérer le charme. La lumière reste à l'extérieur de moi, les yeux fermés, je laisse juste ses mains exister. Ses mains qui forment mon corps à son envie. Qui me mettent à nu sur la banquette. Je n'ai plus peur. Il fait tout noir à l'intérieur et la lumière m'entoure comme un cocon de sûreté. Je me laisse faire, Eva est sur moi, son corps est une eau débordante, une eau qui vient à ma rencontre, qui me bouleverse dans son courant de vie. Mon désir est comme une caresse, une épidémie de force, il dresse mon sexe sous les pressions de sa peau qui me fouette. Ses cheveux courent, ses cuisses s'ouvrent au-dessus de mon ventre et je découvre un nouveau corps en moi qui vibre. Un corps mené grâce à ses mots qui me guident, elle me dit la douceur, elle me dit tout ce qu'elle sent. Elle dit : « Je te connais, tu es beau, je veux que tu rentres. » Elle est serrée, ouverte, fine, contractée, j'ai toujours les deux yeux fermés et sa bouche me couvre le visage. Je suis dans son corps, dans Eva. J'ai l'impression de pouvoir mourir après tout ça, la vie ne me donnera rien de plus. Quand j'ouvre les yeux je n'ai plus de force, je la caresse, son corps nu, elle frissonne. Elle me regarde, je l'embrasse encore, je l'embrasse. J'ai tout perdu de la légèreté, j'ai sommeil, je veux juste dormir près d'elle.

33

Le soleil nous réveille, tout drogués de sommeil. La voix dans le haut-parleur annonce le terminus. Nous nous sommes emmêlés dans un seul sac de couchage, serrés comme des bourgeons dans leur tenue de printemps. Je sens mon ventre qui gargouille pour me répéter sa faim. Dehors, le blanc de la neige succède aux franges de sapins semées de gel, les maisons sont en bois, les rues étroites. Le train ralentit à l'approche. Je m'habille, Eva est déjà prête, je la regarde, perdue dans ses pensées face à la fenêtre. C'est toujours elle. Toujours la même Eva. Simplement, je ne sais plus comment lui dire bonjour, comment lui demander si elle a bien dormi, près de moi dans sa peau fine. Comment elle a rêvé nos caresses au grand jour. Comment elle fait pour ne plus être ma sœur. Je ne sais pas par quel bout reprendre, alors je ne dis rien et j'attends le quai, le froid et le choc du soleil éclatant. Eva dit : « Je n'ai jamais vu ça. » Le train est immobile. Au-dessus de la petite gare peinte en rose, les montagnes percent le ciel, blanches à pâlir. Je descends le premier avec nos sacs, l'air vient s'engouffrer à fond dans mes poumons, ça me pique la gorge, l'altitude se fait sentir, froide et sèche. Eva descend à son tour, le visage étonné, puis nous marchons à travers le village. Je repère un salon de thé, je lui propose de prendre là notre petit déjeuner.

Nous sommes assis sur la banquette, les sacs sont posés sur le sol, la serveuse a pris la commande. Dehors, le paysage nous impose sa prestance, nous sommes au pied d'un monde énorme, en face des pics neigeux qui plombent le dénivelé d'un coup.

Pour l'instant, regarder les montagnes nous rassasie de force, à rien dire en chœur, côte à côte devant la petite table. La musique, dans le salon de thé, force le silence à se ramasser en boule dans mon cerveau. Je me réjouis de boire et de manger. La nuit passée est comme l'inverse d'une bombe, elle a fait de moi un homme rassemblé en entier. Un bloc. C'est pour cela que mes mots se forcent à être au plus proche d'eux-mêmes avant de sortir tout en vrac, pour ne pas briser l'unité qui résonne dedans. Eva n'a pas peur de mon silence. Elle voit bien mes yeux bafouiller de lumière. J'aimerais la toucher, mais je savoure d'abord l'envie parfaite, dans la retenue de mes sens. L'envie du sang, sous la peau de ma main qui se réchauffe contre la tasse de thé noir, l'envie de mes muscles de se tendre vers sa nuque, vers sa bouche. C'est un tour de force d'avoir le dessus sur mon envie. C'est comme d'apprivoiser une bête à l'intérieur, pour qu'elle suive à pas doux le maître. Eva est belle, maintenant je peux accepter cette folie. Passer mes jours et mes nuits à côté d'une belle femme, je ne sais pas où cette histoire s'arrêtera.

Elle commence au pied du glacier, sous le soleil qui m'assure que je n'ai pas rêvé, que le sortilège a vraiment pris son siège. Eva boit son chocolat chaud et l'histoire commence sur ce point de départ étrange, qui ressemble à une arrivée. Je vais vers le comptoir où il y a un étal de cartes postales et j'en choisis une pour Lou. J'écris : « Cher Lou, les vacances se passent bien, ici. Et toi, comment va la forme ? Je reviens bientôt, il faut prendre soin de toi, nous mangerons un bon repas ensemble, d'accord ? Merci pour la Purdey, je n'ai pas eu le temps de te le dire mais c'est énorme comme cadeau. » J'ai encore une semaine de vacances avant de retrouver l'usine. Je le sais, en même temps cette petite semaine me semble un continent. Je n'arrive pas à m'imaginer dans le quotidien d'avant. Je ne sais pas ce que nous allons faire ici mais j'ai peur de rentrer, de confronter mon univers à mon nouveau visage, de me brosser les dents dans ma salle de bains, de dormir dans mon lit et d'avoir envie de partir chasser. Eva me regarde et je fais pareil, au-dessus de notre petit déjeuner entamé. Elle me dit : « Allez... » et elle vient s'asseoir tout contre moi, elle me dit encore : « Ne sois pas triste », je sens l'odeur de sa peau bien à elle, je mets ma bouche dans son cou, je sens la joie qui monte dans mon sang. Je plonge dans ses yeux encore, pour vérifier encore, pour sombrer aussi. « Il va falloir que je m'éloigne de toi », je lui dis comme on arrache une épine coincée dans sa paume. Je sens la marque douloureuse de mes paroles.

Elles laissent une blessure ouverte, mais je ne pouvais pas laisser s'infecter à l'intérieur. « Ne me laisse pas », dit Eva. Je lui réponds que je ne la laisse pas, qu'il me faut seulement du temps. Elle me demande si je veux partir maintenant. Je lui réponds que ce serait sûrement une bonne idée de passer chacun de notre côté la journée seuls et de nous retrouver ce soir, pour voir. J'ai vu qu'au-dessus du salon de thé ils ont des chambres à louer, je vais en réserver une pour la nuit. Nous allons poser nos sacs et, alors qu'elle s'assoit sur le lit, je ne peux pas m'empêcher de toucher ses cheveux. Ça finit dans le lit avec rage, ce n'est pas ce que je voulais. Eva me prend mon désir comme une forêt obscure. Je remonte mon pantalon, je lui dis que je m'en vais, à ce soir, il faut que je voie plus loin.

34

J'ai pris une bouteille d'eau, je me suis acheté du pain et une tomme du coin. Je pars sur un sentier de promeneurs, qui commence dans le centre du village. Les cloches de l'église sonnent à ce moment-là, ça fait de l'écho au-dessus de ma tête, de la musique dans l'air froid. C'est une forêt de sapins et de mélèzes qui s'ouvre un peu plus haut. Des épines brunes sur le sol gelé, des pierres foulées par les promeneurs et les années ; ça fait longtemps que je ne suis pas parti comme ça, seulement pour me balader. C'est bien de considérer mon corps comme une possession, une obéissance des muscles à mon service. Je n'aime pas quand il m'échappe, quand il se fait furibond malgré mes pensées qui protestent, je ne veux pas de cette force-là qui dépasse la conscience. Je dois me reprendre, la marche est un bon moyen pour mes nerfs. Eva est seulement une femme. Elle existe trop fortement pour ma seule personne, elle doit exister plus doucement. Je veux d'elle, ma vie est quelque chose de bien à ses côtés, mais il y a des conditions à poser, maintenant que le corps intervient. Je vois bien, comme tout à l'heure, la montée incontrôlable des instincts dans les veines. Je sais comme ça prend. Normalement, ça ne m'a jamais gêné, mais c'est Eva. C'est Eva et il faut garder le corps et la tête unis face à elle, c'est la seule solution pour être bien. C'est ce qu'elle provoque et que j'aime, dans sa présence. L'unité qui sévit dans mon être. Mieux qu'à la chasse, c'est ce qui me donne des frissons. La femme qui surpasse la chasse est forcément dangereuse. Eva doit être à sa place si elle est cette femme dont je ne voulais pas et qui s'impose dans le plein de mes jours. Je n'ai plus de restrictions dans mes plans de vie, seulement je reste moi-même, je reste solitaire sur la terre et je n'oublie pas que j'ai commencé par être son frère. J'ai voulu croire que la compréhension entre nous faisait partie d'une biologie. Une nature qui nous englobait dans sa réunion prévue malgré nous. Une tout autre chose se profile.

J'aimerais bien voir une bête, juste la voir, la surprendre et continuer mon avancée profonde dans les chemins de montagne. L'altitude participe à la griserie de mes sens, avec l'oxygène plus faible. Je m'essouffle dans la montée, je ralentis le pas ; sans sac à dos bien lourd, j'ai tendance à marcher trop vite.

Je fais une pause sur une roche, pour boire un coup. Je contemple la vue à travers les arbres. Des points de couleurs perdus dans le bas du monde, je suis haut, au-dessus des nuages et du ciel, au-dessus du vent, dans le soleil filtré par les branches. L'eau me fait du bien au corps. Ma respiration devient plus calme, profonde dans le bas de mon ventre jusqu'à ce que je me sente bien, frais et chaud en même temps. Je continue sur le sentier sans bruit, je m'entraîne à la discrétion absolue, je quitte le sentier, je m'enfonce dans les fatras de branches et de pives rongées par les écureuils, je suis bientôt à la limite des arbres, je vise une pointe qui a l'air de surplomber comme il faut la vallée, je vais à pas lents. Quand je passe les derniers arbres, je vois que la prairie est broutée de près. Il devait y avoir des vaches, ici, pendant l'été. C'est beau. Ça fait du bien de ne voir personne. Les herbes rases simplement, les pierres fouettées par le temps fort des montagnes et l'air qui se fait rare et puissant. Je ferme les yeux, en m'allongeant dans le pré en pente douce.

Fermer les yeux, respirer, pleurer s'il le faut, parce que je sens monter les larmes dans ma gorge, quand je pense au souffle d'Eva, hier dans la nuit, dans la nuit l'un dans l'autre. Je ne peux pas croire à ce changement qui a pris le dessus sur nos sens. Je ne peux pas croire que la suite c'est l'amour simple, comme pour tout le monde, avec les projets, les partages quotidiens et les nez à nez tous les soirs dans le salon. Comment je vais nous dépatouiller de cette embrouille, dans nos cœurs emmêlés ? Je ne sais pas « faire la relation humaine », comme dit Lou en me regardant d'un air dépité, quand je lui dis que le mariage n'est pas fait pour moi. Je ne suis pas doué pour ça. J'ouvre les yeux sur la face du ciel qui me regarde. Je suis vraiment une petite chose ridicule. Leandro est mort comme ça, blotti contre la terre froide. Je me dis ça et je compare avec mon corps qui fonctionne, avec la circulation de mon sang gavé de globules rouges, avec mes cellules qui ne se préoccupent que de croître et de remplacer la mort perpétuelle. Je compare, je ne veux pas changer mon état de vivant contre le sien de mort. Je ne veux pas non plus être rempli de terreur comme lui, à ne plus pouvoir savourer le bonheur pour de bon, il faut juste que j'essaye de faire de mon mieux. Le ciel immense me regarde et je suis heureux d'être petit, avec mes insignifiances. Finalement, je peux bien rejoindre Eva et voir ce que ça donne, l'un avec l'autre. Je peux coller la vie d'avant et la vie de maintenant et regarder la superposition. Peut-être qu'un nouveau visage deviendra le mien dans le miroir, quand je me brosserai les dents. Mon appartement ne changera pas. Eva fera sa place et je conserverai la mienne semblable. Je n'ai pas à craindre d'être deux plutôt qu'un, il faut seulement conserver la souveraine indépendance, c'est pour cela qu'il faut que je m'entraîne à ne pas succomber à mes sens.

Je me lève, je marche, je dois m'entraîner, devenir un, uni, et que ça se fasse du haut vers le bas. La tête doit faire suivre tout le reste pour que le corps devienne son instrument parfait.

Je veux être libre avec la conviction, être libre dans la montée des jours à l'horizon. Que la vie se fasse à nos envies, à Eva et moi, que la vie se pétrisse d'amour franc, bien centrée dans le temps partagé. Je vais lui dire tout ça, à Eva. Je vais lui parler de notre histoire à tous les deux, celle qui se forme en avant et qui ne doit pas nous échapper pour se foutre en l'air. C'est du travail tout fin de ne pas la gâcher par le bas.

35

La chambre est dans la pénombre et c'est étonnant de trouver le lit tout sombre, planqué sous les couvertures, les habits en tas et les oreillers. J'allume la lumière basse sur la petite table et je regarde nos affaires. Je regarde l'absence d'Eva, qui se fait sentir ici. J'étais bien dans la montagne. La chambre c'est le lieu où je dois la voir, être à ses côtés, la regarder même en silence. J'ai faim, je vais aller voir en bas ce qu'ils servent et j'espère qu'elle arrivera bientôt.

Je m'assois sur la banquette, à côté de la table où nous étions installés ce matin. Ça me semble loin dans le temps ces minutes où Eva buvait son chocolat en regardant le soleil éblouir les vitres. Maintenant, c'est noir partout autour, avec des pointes de lumières vives comme des feux épars dans la nuit. Eva est perdue dans la nuit. Je me sens mal dans cette pensée dangereuse. Je la chasse en relisant la carte du jour, les menus, les vins du pays et les desserts maison. Je ne peux pas me résoudre à commander sans elle. Je préfère l'attendre devant mon jus de pomme. Je détaille les différentes soupes de saison, les salades, les croûtes au fromage. C'est bruyant dans la cuisine, pourtant il n'y a presque personne en salle. Seulement un homme d'une cinquantaine d'années qui boit un verre de rouge, en lisant son journal. Je me dis soudain que ça fait longtemps que je n'ai rien lu des nouvelles du monde, je vais vers la pile qui attend près du comptoir et je choisis un journal d'aujourd'hui. Lire me distrait le moral pour un temps, les titres, les pages sportives. Puis j'attaque le début d'un article, mais je n'arrive pas à me concentrer, j'abdique. Je tourne les pages, je regarde seulement les images et je repense à mes livres d'enfant, quand Odette me lisait des histoires. Je regardais souvent les livres tout seul, en m'installant par terre. Les images venaient emplir ma tête avec les bruits, les mouvements, les odeurs. La fille près du poêle demandait à son père de jouer un air au violon, le loup épiait dans la forêt et la petite girafe se plaignait d'avoir mal au cou.

C'est étrange que tout ça me revienne, la petite fille près du poêle était brune comme Eva. Je lève la tête, les souvenirs se déchirent sur la porte qui s'ouvre en plein. C'est Eva. Elle est là, à la porte, toujours brune et emmitouflée. Elle aura besoin de se réchauffer. Quand elle s'approche, je vois qu'elle hésite en venant vers moi, je l'invite de la voix, je lui fais une place. Eva s'assoit et je touche ses joues toutes gelées. « J'ai eu froid », elle dit. Je lui dis que nous allons vite commander et nous réchauffer de nourriture ensemble. Nous commandons un gros plat de pâtes, nous le demandons brûlant, plein de fromage. Eva me dit qu'il faut décider ce que nous faisons de notre histoire ensemble, je lui dis que j'ai réfléchi et que l'affaire est seulement dans l'équilibre nécessaire. Nous parlons. Nous buvons. Nous mangeons. Je sens que tous les deux, nous avons un peu peur de nos propres paroles et nous les tournons d'abord dans nos bouches, dans le vin et dans les pâtes, nous les proférons seulement lorsqu'elles ont pris assez de chaleur à l'intérieur. Eva soupire. Je me sens aussi soulagé par l'existence qui se fait docile. Tout ce que j'espérais survient dans l'enchantement, sans avoir à nous fâcher pour trouver un accord.

Ce que je pensais seul dans la forêt, Eva se le disait aussi en elle-même, nous nous retrouvons là sur un terrain d'entente. Eva dit qu'elle est toujours une particule libre, elle veut que nos pas côte à côte continuent dans cette direction. S'affranchir. Se rendre libre, c'est un cap à tenir.

J'aime bien ce jeu que nous traçons à l'avant de nos jours, il me fait du bien dans les entrailles. Il faudra sentir dans la pratique à quel point nous tiendrons le pari.

Je mange un dessert, Eva est déjà sous la douche, je regarde dans le noir à la fenêtre, l'homme est parti, il n'y a plus que moi et la serveuse assise derrière le comptoir. Il n'y a plus que la nuit qui submerge toute mon envie de traîner. Je finis ma part de tarte, je finis mon verre et je me dirige vers le haut de la maison, je rejoins notre chambre et son grand lit.

Eva est déjà en chemise de nuit.

Je vais vers elle, je lui parle, je la regarde.

Ça monte entre nous, d'un seul coup.

Les mots.

Eva et moi nous marchandons avec l'avenir. Assis sur notre lit double, serrés d'idées imaginaires, nous mettons tout sur le tapis. Loin de nous les bruits de l'usine et la fatigue du ménage, loin de nous la monnaie suppliée dans un turbin pénible. Nous sommes dans les couleurs de la forêt ouverte, dans les jardins de nos rêves, dans nos lumières qui s'entrecroisent au-dessus des couvertures. Eva veut faire de la peinture, je veux lire des livres, elle veut cuire du pain comme elle ne l'a plus fait depuis l'enfance, je veux donner du temps à la terre, elle veut prendre des cours de chant, je veux retaper une vieille grange.

La chambre vibre. La lumière douce à notre chevet s'abrite sous nos paupières. Je vois les couleurs de nos vies qui flambent. Je vois le silence glisser dans nos cœurs, il entoure nos vœux, il les protège pour ne pas les perdre. Je ferme la bouche d'Eva avec la mienne, je ferme ses yeux avec mes mains, je ferme le débat avec son nom murmuré dans les draps, Eva, Eva…

Nous dormons ensemble. Nous dormons côte à côte. Nous dormons dos à dos. Cuisse à cuisse. Je ne peux pas dormir longtemps avec elle. Je me réveille au milieu de la nuit, j'ai soif, je vais boire dans les toilettes et quand je reviens je retrouve le lit à tâtons et je me glisse en essayant de ne pas la déranger. Je rêve de Lou. Il est tout vieux sur son fauteuil, les fenêtres ouvertes claquent dans son dos, l'air froid d'automne ne lui fait plus rien sur la peau, ses bras bougent seulement comme deux ailes, légers, soulevés par le vent du soir. Je lui dis de fermer les fenêtres et de mettre de la lumière chez lui, mais il ne m'entend pas, je ne peux rien faire. Je retiens mon souffle, je grelotte, je suis cloué dans le sommeil, puis Eva et sa chaleur me réveillent à nouveau et cette fois le jour point dehors.

Je la regarde, comme je ne me lasserai pas de le faire, dormir. La peau détendue, en osmose, les boucles toutes vacillantes sur l'oreiller rose pâle. Je la regarde et je me dis qu'il est temps de la présenter officiellement à Lou, avant qu'il ne parte pour de bon. Le rêve reste dans ma tête, suspendu, comme une lettre que j'aurais reçue de lui cette nuit. Je me dis que la carte doit être arrivée. Je me dis que je n'ai plus que Lou comme famille.

36

Lou est chez moi. Il est assis dans mon salon, le sac est ouvert à ses pieds. Il a ramené les armes. Je suis tellement surpris que le « bonjour » ne sort pas. Finalement, c'est lui qui se lève en premier et qui redemande le prénom de la belle femme qui est à côté de moi. « Eva. » Dans sa bouche c'est rond, ça roule longtemps dans le silence. Puis je passe le pas de ma porte et je le serre fort entre mes bras ; quand même c'est bon de le voir, c'est pour lui que le temps m'a pressé de rentrer.

Lou m'explique que les armes, c'est fini pour cette vie. Il faut que je garde ce que je veux chez moi, pour lui, il reste seulement l'oubli et le goût du passé, en arrière. Je comprends. Il est venu en taxi, un voisin l'a aidé à monter le barda. Il a ouvert les fenêtres parce qu'il trouvait que ça sentait le renfermé et il s'apprêtait à repartir. Je lui dis qu'Eva et moi on voulait justement l'inviter à manger, il sourit, il se rassoit sur le canapé à côté d'Eva qui se met à lui raconter nos vacances. Je rejoins la cuisine.

Je m'assois et je souffle un peu sous le choc. Mon corps

ne retrouve pas sa place. D'habitude, ici même, c'est comme mon plasma d'origine, mon lieu d'appartenance, en symbiose entre ce qui m'entoure et ce qui est en moi. Aujourd'hui, ma cuisine reste autour, comme une étrangère bien en place. Je m'active quand même pour voir si le mouvement estompe l'impression. Je range les courses, je sors ce qu'il me faut pour ce soir.

Eva vient me voir. Elle veut descendre dans ma voiture le sac avec les armes, elle préfère que ce soit en bas. Je lui dis que ce sera fait une fois que j'aurai chargé mon fusil de grenaille pour demain. Elle me dit qu'elle peut le faire, alors je sors tout le matériel et, après vérification, je la laisse faire. Je m'attaque à la préparation du repas et Lou va se reposer sur mon lit. Je vais cuisiner un bon plat de ma spécialité, je sors du chevreuil de mon congélateur, ça fera du bien à Lou, du sang des bois. Ça lui remontera peut-être le rouge aux joues. Je m'applique. Je mets du mien dans les plats qui mijotent, dans les légumes saupoudrés d'épices et de feuilles sèches de sauge, de thym, de romarin. J'ouvre la bouteille de vin, je prépare le couvert au salon.

Eva a déjà refermé les sacs qui sont prêts devant la porte, elle me demande : « T'es content d'être chez toi ? » Je lui dis que j'ai besoin de temps pour retrouver tout cet habituel. Je me sens dans un passé proche qui aurait besoin d'un grand coup de présent.

Elle me propose une petite surprise. Elle me demande de la laisser seule, elle ferme la porte et elle met la radio à fond.

Je regarde ma cuisine. Il y a du décalage partout entre mes gestes et les choses. Du décalage entre mon cerveau et mes envies. Je connais cet espace par cœur, mais le changement qui est venu en moi fait du court-circuit dans les schémas bien établis. Je suis perdu, au plus proche de ma vie toute simple. Parce qu'il semble que le sel même, l'eau et le feu soient à réinventer. Je me dis qu'Eva est une sorte de sorcière. Je découvre en moi la puissance de sa magie fine. Mais à force de laisser le changement prendre de l'avance dans mon espace, j'ai presque terminé le dessert et tout a l'air réussi. Je m'assois, je savoure ma fatigue. Je respire dans ma cuisine qui sent le chaud. Je suis heureux d'être là, même s'il y a encore cette petite gêne sur ma poitrine. J'éteins le four, tout est prêt, je me lave les mains et je demande à Eva si je peux sortir, je dois crier pour qu'elle m'entende. Elle éteint la radio et j'ouvre la porte. Il fait noir. Je découvre à tâtons que tout a pivoté, puis mes yeux s'habituent et je vois que les chaises et la table sont collées à la fenêtre, que le canapé est passé à droite et que les fauteuils ont fait volte-face. J'allume et je vois Eva dans l'embrasure. Ce n'est plus celle que j'ai vue la première fois à ce même endroit, hésitante et ressemblant aux autres. C'est une femme proche à l'intérieur, une femme belle et effrayante. Je regarde mon salon, son étrangeté me fait du bien.

Lou nous rejoint en disant : « Vous en avez fait du vacarme ! » Eva explique qu'après plus d'une semaine de silence là-dedans, il fallait bien qu'on mette un peu de mouvement et de musique. Il dit : « Ah, on mange avec vue sur la rue, ce soir ? »

La suite devient légère, les yeux pétillent avec le bon vin, le repas nous adoucit la panse et nous parlons de tout, nous parlons de rien. C'est drôle de manger là, ma rue est à nos pieds, nos visages se collent à la fenêtre et le chiffre trois autour de la table, ça me fait une musique de grande fête, le cœur en brasier de belle campagne.

Quand je regarde Eva et mon reflet qui se mêle à la nuit du dehors, je vois que tous les deux nous sommes tout neufs.

Après le repas, je raccompagne Lou en voiture. Je traverse la ville d'un coup rapide. En passant devant la gare, je pense à Nello qui est encore en Espagne et aux deux autres qui ne me manquent pas.

Lou me demande ce que j'envisage. Je lui dis qu'avec Eva la vie nous fera bien les choses. Il sourit. Je lui demande s'il a reçu ma carte, il me dit que non, alors je le remercie pour le sac et l'héritage de la Purdey. Lou dit : « Tu en fais ce que tu veux, Lucien l'aurait vendue, de toute façon. »

Nous arrivons en bas de chez lui. Il monte les marches lentement, je vois l'effort sur son visage, j'ai peur de le voir tomber. Arrivé devant sa porte, il me demande d'attendre un instant. J'attends, je regarde chez lui l'espace qui ne change pas, qui se tasse sur place, qui fait des arrangements entre fatigue et poussière.

Il revient avec la pochette bleue, celle des photos qui restent, des légendes. Il me dit : « C'est à toi. »

Pendant le retour vers Eva, la pochette bleue est posée à côté de moi, sur le siège passager. Comme une nouvelle forêt qui m'appelle à venir l'explorer.

37

La forêt s'écarte, mon silence parade, mon corps est tout dense, la forêt se fige, elle est toute givrée, elle se fait tranquille. Pourtant, je sais les muscles et le sang qu'elle enveloppe de sa chair verte et brune. Je sais les bêtes qui se faufilent et piètent sur ses tapis de feuilles.

J'y vais, à la billebaude, le hasard dans les jambes, le canon prêt à se tendre. J'y vais seul dans ses fentes, dans ses recoins de lumière. Le brouillard bat son plein dans les clairières de mousses. Il tarde à bien se lever du sol, comme un gros paresseux du matin qui se prolonge. Alors, je marche à pas doux sans étincelles, je fronce mes yeux pour mieux voir. Je danse dans l'intérieur de mes veines, au chaud. L'air est glacé mais je le fends droit, le froid est vif mais je le prends en moi, je l'absorbe comme un bon carburant physique.

Les bruits se font en tendresse, ils volettent, ils louvoient, ils s'enfilent entre les branches. J'écoute et je deviens amoureux de l'odeur qui monte dans la levée de brouillard, de l'humidité qui se fait caresse dans le fond de l'air, de la forêt sombre et enveloppante. Je suis heureux d'être là, solitaire. Heureux du cran de sûreté qui me garde bien entier dans la marche, de la totalité de l'être que je conserve dans l'espace.

Je ne sais pas ce que je lèverai, gibier de fête ou petit faisan, je ne sais pas ce qui viendra se faire prendre à la croisée de mon chemin. Mais le bonheur reste dans l'avancée, dans les traces, dans l'effort. Je pense soudain aux carnets de Leandro dans mon sac, c'est un poids à sortir de là, il faut que je trouve l'endroit adapté et je vais leur creuser une cachette. Je vais bien trouver un petit coin de chêne, un coin comme il avait choisi. Je découvre des chênes, un peu plus haut, je rejoins leur place. Je m'approche du vieux qui les surplombe. Je pense que l'endroit est bon, un vrai petit sanctuaire au vert, un endroit qui se perdra de ma mémoire d'homme, mais dont se souviendront les anges. Une fois le sac posé et les carnets sortis, je creuse le sol qui fait bloc. Heureusement, j'ai pris une petite pelle de fer, sans ça, j'aurais eu du mal à éventrer la terre. Une fois que le trou est assez grand, je pose les carnets. Je les regarde se mettre au silence, je les regarde puis j'en prends un et je l'ouvre au hasard. Je lis :

Livre de Job

Si, comme tout être humain j'ai caché mes crimes,
Pour enfouir mes fautes dans mon sein.
Parce que j'étais effrayé de la rumeur de la foule,
Parce que le mépris des familles me terrifiait ;

Si je me suis tenu silencieux sans franchir ma porte…
Oh ! Qui me fera trouver quelqu'un qui m'écoute ?

Je le referme et je le couche pour de bon. Je me dis qu'il faut vraiment que je lise la Bible. Les mots formés par Leandro s'en vont dans l'obscur, mais ils restent dans le fond de ma chair, salut à toi l'ami déjà mort, je tasse bien les carnets sous la terre, j'enfouis des graines de fleurs avec, elles pourront germer au printemps. Je regarde la petite sépulture en me dépoussiérant les mains, je reprends mon chemin, je marche doucement, je rejoins la vraie discrétion. Avec ma petite cérémonie, j'ai dû faire fuir tout le sang chaud à la ronde. Ça ne fait rien, j'ai tout mon temps.

Le soleil maintenant met de sa lumière dans les clairières, le brouillard s'est levé pour de bon.

Je pense aux morts dont Eva dit qu'il faut s'occuper. Moi je m'occupe de la mort de chaque animal que je tue à la chasse. Je le porte, je le découpe, je le conserve, je le cuisine et je le mange.

Pour l'heure j'avance, je suis tout vivant de sueur, tout battant. J'avance et je sais ce que je fais sur terre, je prie dans ma façon personnelle sans mesure et sans leçon de morale. J'invoque la bonne humeur du ciel.

Soudain, je vois un cerf qui me surplombe. Il vient vers moi, le pas tranquille. Je reste figé. Jamais je n'en ai vu un de si près. Énorme, avec des andouillers parfaits. C'est comme s'il ne m'avait pas vu, pourtant c'est sûr il doit me voir, il avance, ses yeux me fixent en confiance, j'épaule mon fusil, je vise précis, il s'approche et je tire avec le cœur à fond. Le silence seul rebondit en écho. Le cerf continue d'avancer, il passe devant moi, sans accroche. J'appuie à nouveau sur la détente. Rien.

Eva n'a pas mis de balle. Je suis un homme seul dans la forêt.